Histórias de fé

Descubra o poder da fé

Introdução

O capítulo onze do livro de Hebreus traz a seguinte definição para a fé:

"A fé é a certeza daquilo que esperamos e a prova das coisas que não vemos."

À primeira vista pode parecer algo distante e sem conexão com a vida cotidiana, mas se refletirmos um pouco, veremos a fé nos mínimos detalhes.

Uma pessoa programa seu despertador acreditando que estará viva no dia seguinte. Alguém que está doente acredita que ficará melhor e será curado. Em geral, as pessoas acreditam que o futuro será melhor, acreditam que as crises e as lutas serão superadas. Ainda que não haja evidência, há a fé.

A fé é ainda mais poderosa quando está apoiada em Deus e seu poder. Aquele que crê acredita que todas as coisas são possíveis, acredita que tudo sempre será melhor, acredita que Deus sempre está em seu caminho, não importa a situação que esteja enfrentando.

A fé genuína não vê dificuldades, impedimentos, obstáculos ou impossibilidades. O próprio Jesus Cristo disse que tudo é possível àquele que crê. Ele não disse que algumas coisas são possíveis, Ele disse que tudo é possível. Além disso, Jesus também disse que para Deus todas as coisas são possíveis.

Junte estas duas certezas e você terá o maior poder que alguém jamais sonhou. Todas as coisas serão possíveis com sua fé e a ajuda de Deus.

Índice

Não posso acreditar

O experiente médico Alberto Calixto ficou impressionado com o que via. Aquilo parecia impossível de acontecer, em todos os seus vinte anos de oncologia, nunca havia testemunhado nada parecido.

— Não posso continuar! — exclamou surpreso para a equipe cirúrgica.

— Por quê? — perguntou seu assistente.

— Não há tumores aqui!

— O quê? — o assistente ficou surpreso. — Todos os exames mostraram tumores.

— Sei o que os exames mostraram.

Alberto caminhou em direção a alguns monitores onde estavam os exames de imagem. Ele os olhou atentamente. As imagens eram inquestionáveis, havia tumores no abdômen do paciente. Porém, a realidade era totalmente diferente.

O abdômen do paciente estava aberto e não havia sinal de que um dia tivesse tido um tumor. Todos os seus órgãos estavam plenamente saudáveis.

— Vamos fechá-lo — disse Alberto. — Acho que sei o que aconteceu aqui…

Alberto estava atendendo aquele paciente, um homem de

meia-idade, há alguns meses.

Na primeira consulta médica, Alberto percebeu que o homem estava confiante e tinha um sorriso contagiante.

— Bom dia, doutor! — disse o homem com entusiasmo.

— Bom dia, André — respondeu o médico com seriedade.

— Como está seu dia? Está tendo um bom dia? — André continuou no mesmo tom entusiasmado.

Alberto suspirou e disse desanimado:

— André, sou oncologista. Como posso ter um bom dia?

— Sei que seu trabalho pode parecer difícil e triste. Mas você pode apresentar ao paciente um novo tratamento e dar a ele um pouco de esperança. Você pode dizer um diagnóstico melhor do que o paciente esperava. E coisas assim.

— Talvez — respondeu Alberto, desanimado.

— Quais são as novidades para mim?

— André, infelizmente, não tenho boas notícias — respondeu desconfortável.

— O que aconteceu? Meus exames não foram como esperado?

— Seus exames confirmaram as suspeitas do médico que pediu uma consulta com o oncologista. Você tem alguns tumores no abdômen.

— Meu Deus! — André ficou surpreso. — E agora, o que

vou fazer?

— Você vai começar a quimioterapia.

— Vai funcionar?

— Este tratamento mostra eficácia em casos como o seu.

— Graças a Deus! — André respondeu com entusiasmo. — E também graças ao doutor e aos remédios. — Sorriu.

— Acredita em Deus?

— Claro! Você não?

— Não.

— Doutor, você deveria ser o primeiro a acreditar.

— Por quê?

— Você estudou o corpo humano, suas funções, sistemas, células e tudo mais. Você conhece e vê a perfeição de cada um de nós. Você pode ver a obra de Deus mais do que os outros.

— Talvez seja por isso que não acredito. Vejo como e porque tudo está funcionando. Posso explicar a maioria das coisas.

— Mas isso não é motivo para desacreditar Deus. Podemos explicar o funcionamento de muitas coisas; no entanto, isso não significa que não podemos acreditar em Deus. Podemos ver a sua ação em tudo e também entender como funciona.

— Este é um ponto de vista interessante. Mas vamos falar sobre o seu tratamento.

— Tudo bem.

Alberto explicou todos os detalhes para André. O paciente estava atento a todas as palavras do médico. Quando tinha alguma dúvida, perguntava. O médico foi muito educado e respondeu cada uma de suas dúvidas.

Depois de todas as explicações, Alberto disse:

— Está pronto para o tratamento?

— Tenho que estar! — André respondeu com confiança. — Vou superar esta doença com a ajuda de Deus.

— Você realmente acredita que Deus pode ajudá-lo?

— Acredito.

— Por quê?

— Porque conheço Deus. Ele nunca envergonhou seus filhos. Ele nunca deixou seus filhos morrerem.

— Se isso é verdade, por que você tem câncer?

Alberto estava testando a fé de André.

— Deus sempre tem um propósito em todas as coisas. Agora, não sei por quê. Se Deus quiser, ele me mostrará o motivo. Se não, tudo bem. Confio nele — André respondeu firmemente, pois não tinha dúvidas sobre o plano de Deus.

Alberto pensou:

"Todos esses crentes dizem a mesma coisa. Acho que essas palavras os confortam diante da tragédia do câncer."

O médico respondeu:

— Vejo que você é um homem de fé.

Ele sorriu e disse:

— Talvez o doutor possa passar para o meu lado.

— Seria necessária uma coisa extremamente incomum para que eu mudasse de ideia — respondeu Alberto seriamente.

— Não há nada impossível para Deus!

Conversaram sobre outros detalhes do tratamento e depois se despediram.

Alberto continuou suas consultas médicas. A próxima era uma jovem com câncer de mama. Seu tratamento estava em estágio avançado e ela estava debilitada devido aos efeitos colaterais da quimioterapia.

Ele tinha feito o seu melhor para impedir o crescimento dos tumores, mas até aquele momento só conseguiu retardá-los.

O médico sempre reportava a mesma coisa em cada consulta e notava a reação triste da mulher.

Ela entrou na sala usando um lenço na cabeça para esconder a falta de cabelo. Estava pálida e usava maquiagem para disfarçar sua aparência doentia.

— Bom dia, Patrícia.

— Bom dia, doutor — respondeu em voz baixa, quase sussurrando.

— Como você está hoje?

— Me sentindo fraca.

— É um efeito colateral do tratamento.

— Eu sei. Esse tratamento está demorando tanto — disse desanimada. — Estou cansada.

— Vamos ver como estão seus exames.

Alberto olhou para o monitor e leu o relatório médico:

"Os tumores mostram uma diminuição sutil em comparação com a última análise."

Ele iria dar a ela a notícia em seu tom habitual, mas se lembrou das palavras de André:

"Você pode dizer um diagnóstico melhor do que o paciente esperava."

O médico mudou de ideia e tentou dizer positivamente:

— Patrícia, temos boas notícias! Os tumores começaram a diminuir; o tratamento foi eficaz!

Ela deu um leve sorriso e disse com entusiasmo:

— Sério? Não acredito!

— Pode acreditar. Seus tumores estão diminuindo.

Ela chorou de alegria e disse:

— Estava muito desanimada com esse tratamento. Não conseguia ver a luz no fim do túnel. Confesso que estava pensando em desistir.

"Ah não!" — Ele pensou e lembrou-se das palavras de

André:

"Dê a eles esperança."

— Patrícia — disse com seriedade e confiança, — você não pode desistir. Você deve continuar para melhorar. É a única maneira.

— Sei disso, doutor — respondeu enquanto enxugava as lágrimas, — mas tenho certeza de que o doutor sabe melhor do que ninguém como o tratamento é difícil. É um sofrimento sem fim.

— Sei disso.

— Essa novidade me animou — disse ela confiante, — vou continuar o tratamento até ficar curada.

— Esse é o espírito! — respondeu com animação.

"Por que eu disse isso?" Alberto estava confuso com suas palavras. "Conversei uma vez com aquele paciente e ele está me influenciando? O que está acontecendo?"

Patrícia percebeu que ele estava perdido em seus pensamentos e disse:

— Doutor? Tudo bem?

Ele voltou a si e respondeu:

— Sim. Estava pensando nos próximos passos do seu tratamento.

— Tudo bem.

— Patrícia, você vai permanecer com o mesmo medicamento de antes...

Explicou-lhe o que seria feito.

André voltou para casa e foi para a sala. Sentou-se no sofá e folheou uma bíblia.

Parou no texto:

"Por isso não tema, pois estou com você; não tenha medo, pois sou o seu Deus. Eu o fortalecerei e o ajudarei; eu o segurarei com a minha mão direita vitoriosa." Isaías 41:10.

Suspirou e disse:

— Ah, Senhor, não sei por que estou enfrentando esse câncer, mas o Senhor sabe. Confio no Senhor e na sua promessa. Sei que em todas as coisas o Senhor age para o bem daqueles que te amam. Tenho certeza de que se o Senhor quiser, serei curado e restaurado. O Senhor tem a palavra final e o diagnóstico definitivo. Acredito que mesmo em uma situação triste como essa, o Senhor está no controle.

Poucos dias depois, André iniciou o tratamento no hospital. Ele tinha que ir lá alguns dias na semana.

Ele sempre conversava com outros pacientes sobre fé, esperança, encorajamento e tudo o que cada pessoa precisava ouvir. Nunca parecia estar triste ou desanimado.

Alberto percebeu sua atitude e foi até a sala de

quimioterapia conversar com André. O médico estava sentado ao seu lado.

— André, estou curioso sobre você e tudo o que está fazendo.

— Estou fazendo algo errado ou proibido?

— Não. No entanto, você não está reagindo como a maioria dos pacientes. Você está sempre alegre, animado, de bom humor.

André sorriu.

— O doutor esperava que eu ficasse triste e chateado, não é?

— Este é o comportamento habitual — respondeu constrangido.

— Doutor, pense comigo. Se eu ficar chateado, triste, sem esperança e cheio de sentimentos negativos. Melhoraria minha saúde?

— Claro que não.

— A batalha contra o tumor é dura e preciso dar o meu melhor para vencer. Um soldado não pode ir para a guerra pensando como é perigoso, quantos riscos enfrentará ou como o inimigo é forte. Ele deve enfrentar tudo com bravura e sem medo. Estou fazendo a mesma coisa.

"Alguns estudos indicam melhor eficácia no tratamento de quem mantém uma atitude positiva." — Alberto pensou.

— Faz sentido — ele concordou, — e quanto às suas

crenças? Continuam tão firmes quanto da última vez que conversamos?

— Claro, estão mais firmes do que nunca! — André afirmou convicto. — Acredito que Deus está sempre comigo, não importa o que eu enfrente.

"Ele é uma figura, mesmo vivendo uma situação terrível; ele pensa que Deus está com ele. Crentes…" — O médico pensou.

— Isso é bom — Alberto disse isso para evitar uma discussão. Ele já havia percebido que André tinha muita confiança em Deus e nada o faria mudar de ideia.

— Doutor, quanto tempo até que saiba sobre a eficácia da quimioterapia?

— Cerca de um mês.

— Tudo bem — respondeu André.

Uma enfermeira veio até eles e disse algo a Alberto. Ele se levantou e disse:

— Tenho que ir. Se precisar de alguma coisa, pode chamar uma enfermeira ou pedir para falar comigo.

— Obrigado. Deus o abençoe, doutor.

— Certo.

O médico foi embora e André esperou o fim da sessão.

Alberto estava em casa jantando com sua esposa, Ana.

— Meu amor — disse ele, — estou lidando com uma

situação nova e preciso da sua opinião.

— O que está acontecendo?

— Estou atendendo um paciente com múltiplos tumores e ele parece muito confiante na ajuda de Deus em sua vida.

— Qual opinião você quer? Psiquiatra ou crente?

— Ambas.

— Bem, como psiquiatra, o paciente está se apoiando em algo maior do que ele, Deus. Sua fé o ajuda a ter uma visão positiva dessa situação. Os tumores são graves e podem fazer qualquer pessoa tremer. Ele está usando um mecanismo de defesa para manter a calma e a esperança.

— E sua opinião como crente.

— Deus pode fazer tudo e não há motivo para temer. Tudo tem um propósito, mesmo que não o entendamos.

— Você falou como ele. — Ele sorriu.

— Todos os crentes falam da mesma maneira, você não percebeu? — Ela sorriu.

— Sim, percebi.

— Não se esqueça de que você também já foi crente.

Ele suspirou e disse desanimado:

— Sim, fui...

Alberto era adolescente. Ele, seus pais e seu irmão mais novo viajavam em um carro.

O pai estava dirigindo e seu irmão disse:

— Já chegamos?

— Diego! — disse Alberto um pouco nervoso. — Você perguntou a mesma coisa há dez minutos. Saberemos quando chegarmos.

— Mal posso esperar para chegar à praia! — Diego exclamou entusiasmado. — Amo o mar!

— Todos amamos o mar! — a mãe respondeu. — Mas temos que ser pacientes até chegarmos lá.

— Meu Deus! — gritou o pai desesperadamente.

Ele tirou o carro da estrada abruptamente, fazendo os pneus cantarem no asfalto. A família ficou assustada e os meninos gritaram.

— O que aconteceu? — perguntou a mãe.

Ele estava ofegante e disse:

— Um doido invadiu nossa pista e quase nos acertou.

— Jesus! — Ela ficou surpresa. — Não vi nada!

— Tudo aconteceu muito rápido para perceber!

— Deus nos livrou da morte — disse Alberto, — vamos agradecer suas bênçãos.

Fecharam os olhos e Alberto orou:

— Querido Deus, agradecemos por proteger nossas vidas. Agradecemos tudo o que faz por nós. Senhor, continue nos abençoando e protegendo durante esta viagem. Oro em nome de Jesus.

— Amém — responderam.

Continuaram a viagem e chegaram a uma praia deslumbrante com águas cristalinas e areia branca.

Depois de alguns dias curtindo a praia, a família fez um passeio de barco. Eles visitaram outras praias e ilhas próximas em um pequeno iate.

A manhã foi ensolarada e quente, mas à tarde o céu escureceu com densas nuvens. O barco estava voltando quando a chuva começou. Inicialmente, houve apenas uma chuva calma e sem alterações no mar. Ninguém no barco se preocupou. A única coisa que todos fizeram foi colocar coletes salva-vidas.

O vento e a chuva ficaram mais fortes; as ondas cresceram e sacudiram violentamente o barco. Era como se estivessem em um liquidificador. Relâmpagos rasgavam o céu e o estrondo dos trovões criava a tempestade perfeita. A família de Alberto abraçou-se num canto do barco e orou de todo o coração. Todos estavam desesperados e com medo.

O capitão do barco mal conseguia navegar devido às ondas enormes. Elas atingiam o barco enchendo-o de água. Os meninos choravam porque temiam o seu destino e os pais tentavam confortá-los.

Em certo ponto, uma parede de água atingiu o barco com toda a sua força e ímpeto. O iate não resistiu. Os passageiros foram lançados naquele mar implacável.

Alberto foi separado de sua família. Ele berrava seus nomes, mas ninguém respondia. Em seu último esforço, ele gritou:

— Deus, por favor, salve minha família!

Alberto ficou à deriva e sozinho. As ondas o jogavam como uma folha boiando na água. Ele podia ver o barco afundando lentamente e sua família agarrada aos destroços. Ele tentou nadar em direção a eles, mas as ondas eram muito fortes.

De repente, uma onda gigante o atingiu e ele perdeu a consciência. Quando acordou, estava flutuando de costas, olhando para o céu. A tempestade ainda estava furiosa e a família não foi vista em nenhuma parte.

A tempestade durou horas e uma equipe de resgate encontrou Alberto. Ele implorou desesperadamente que procurassem sua família. A busca não os levou a nada, mas ele não queria desistir. A equipe de resgate o sedou e o levou para a cidade.

No dia seguinte, Alberto estava num quarto de hospital e uma televisão estava ligada. Uma jornalista disse:

— A Guarda Costeira está à procura das vítimas do naufrágio de ontem. Alguns corpos foram encontrados e as autoridades acreditam que não há sobreviventes.

Foram exibidas imagens dos corpos resgatados e Alberto se desesperou ao reconhecer as roupas do pai. Lágrimas encheram seus olhos e ele gritou:

— Pai!

Alberto foi o único sobrevivente dessa tragédia. Sua família e sua fé morreram juntas.

Após algumas semanas de quimioterapia, André estava sofrendo os efeitos colaterais. Ele ficou pálido, careca e magro. Estava em uma consulta médica com Alberto.

— André — disse com tristeza, — infelizmente, não tenho boas notícias. A quimioterapia não fez efeito. Seus tumores estão maiores do que antes.

— Tudo bem — respondeu André no tom habitual. Não mostrou nenhuma tristeza.

O médico ficou surpreso e disse:

— Você entendeu a sua situação?

— Sim, entendi.

— Como pode ficar tão calmo?

— Doutor — disse com firmeza, — tudo está sob o controle de Deus. Ele tem a palavra final sobre minha saúde. Se ele quiser, tudo pode mudar rapidamente.

"Lá vamos nós de novo com este discurso sobre fé e Deus."

— Alberto pensou.

— Sei que o doutor não consegue compreender as minhas palavras e sentimentos. — Continuou André. — Não se preocupe, tudo acontecerá de acordo com a vontade de Deus.

— Você está certo, não consigo te entender.

— Quais são os próximos passos do meu tratamento?

— Você vai usar remédios mais fortes e mais sessões de quimioterapia. Acredito que isso terá melhores resultados.

— Tudo bem. E se não houver melhores resultados?

— A única opção será a cirurgia.

— Vamos começar uma nova quimioterapia e depois pensar no futuro. Não quero ter mais preocupações além das que já tenho.

— Esta é uma boa atitude. Uma coisa de cada vez.

André continuou seu tratamento e sempre que podia, conversava com os pacientes sobre fé, Deus e dias melhores. Gradualmente, muitos dos pacientes estavam mudando seus pensamentos.

Eles foram influenciados por André e encaravam aquela situação com outra perspectiva. Alguns deles ainda não acreditavam na intervenção divina ou em milagres, porém encontraram esperança no enfrentamento de suas doenças.

O médico sempre observava o comportamento de André no

hospital. E muitas vezes pensava que sua presença era positiva para aquela sala. Antes dele, aquele era um lugar de tristeza, desilusão, medo e negatividade. Mas desde que André começou seu tratamento, a sala se transformou em um lugar de apoio, esperança, incentivo e vontade de viver.

Alberto percebeu que todos os seus pacientes apresentavam melhora nos casos, os tumores estavam diminuindo, a quimioterapia era mais eficaz e a aparência estava melhorando. Ele ouviu relatos semelhantes de outros médicos.

Até Alberto havia mudado. Ele sempre se lembrava das primeiras palavras de André e procurava ajudar e apoiar os pacientes. Não importava qual era o caso, sempre usava uma abordagem positiva, destacando os benefícios e as chances do tratamento, em vez de seu pior lado.

Algumas semanas depois, André estava em outra consulta médica. Estava mais afetado pelos efeitos colaterais da quimioterapia, mas não perdeu o otimismo e a fé.

— André, seus últimos exames indicaram que os tumores continuaram aumentando. Vai precisar de cirurgia.

— Doutor — respondeu com voz rouca e fraca, — suponho que haja alguns riscos, não é?

— Sim, existem riscos — respondeu Alberto hesitante.

— Não hesite. Pode falar francamente. Estou pronto para

tudo, até para morrer. Se isso acontecer, irei para Deus. Não há nada a temer.

"Uau! Nunca havia visto esse tipo de certeza." — Alberto pensou, impressionado.

— Tudo bem, André — respondeu ele, — vou ser honesto com você.

Alberto explicou-lhe todos os detalhes e riscos, e estes eram muitos. André concordou com tudo o que ouviu. Durante todo esse tempo, ele demonstrou paz e confiança.

O médico se espantou com sua serenidade.

"Há algo diferente neste homem. Não consigo entender como ele consegue manter a mesma expressão diante dessa situação." — Pensou.

Antes da cirurgia, André teve que mapear a posição dos tumores. Foi submetido a vários exames avançados de imagem. Estes indicavam todos os detalhes dos tumores. Alberto elaborou um plano cirúrgico com base nos exames.

Após a surpresa na cirurgia, Alberto fechou o abdômen de André e o conduziu para o quarto.

Alberto revisou todos os exames, laudos médicos, imagens, anotações e tudo o que tinha sobre aquele caso. Ele não conseguia acreditar no que havia acontecido.

— Os exames estavam errados — argumentou consigo

mesmo.

Ele comparou todos os exames e viu os mesmos tumores no corpo de André. Ele leu todos os relatórios e concordavam com o diagnóstico. Alberto chegou a verificar os nomes dos médicos responsáveis por estes exames. E para sua surpresa, não eram os mesmos médicos.

— Não pode ser! — exclamou incrédulo. — Médicos diferentes viram a mesma coisa em momentos diferentes. Tenho certeza de que estou deixando alguma coisa passar.

O médico passou horas analisando tudo sobre o caso de André e não chegou a nenhum lugar. Ele não conseguia explicar sua recuperação milagrosa. Tudo atestava que André tinha tumores e precisava de uma cirurgia para retirá-los.

Uma enfermeira bateu à sua porta.

— Por favor, entre! — respondeu.

— Doutor, o André acordou.

— Vou falar com ele. Obrigado.

Ele foi até o quarto e ficou boquiaberto com André. Sua aparência havia mudado; ele estava tão vigoroso e saudável quanto na primeira consulta médica. Alberto ficou tão impressionado que congelou por um instante.

— Doutor — André o chamou, — você está bem?

— Estou bem — respondeu confuso.

— Como foi minha cirurgia?

— Essa é a questão. Não houve cirurgia.

— Não houve cirurgia? — perguntou surpreso. — Por quê? Havia algo de errado comigo? Houve alguma complicação?

— André — Alberto respondeu sério, — não havia nenhum tumor no seu corpo. Interrompemos a cirurgia assim que abrimos seu abdômen. E agora você parece melhor do que da primeira vez que te vi.

— Graças a Deus! — André disse em voz alta.

— Não sei se foi Deus quem fez isso.

André sorriu e disse:

— Sei que o doutor sabe que foi ele.

— Fiz o meu melhor para descobrir uma razão ou evidência do que aconteceu, mas não tenho respostas.

— O doutor não tem respostas lógicas. Você sabe o que aconteceu, mas não quer admitir.

— Sei? — questionou surpreso. — Não sei.

— Sim! Você sabe! — André exclamou. — Você viu a ação de Deus.

— Sem chance! — respondeu enfaticamente. — Não acredito!

— Você pode não acreditar, mas aconteceu. Você tem alguma explicação?

— Não.

— Já viu algo assim?

— Não.

— Então, estamos diante de um milagre de Deus. Você sabe o que significa um milagre?

— Suponho que seja algo que não tem explicação lógica e sua ação deve ser causada por um poder superior.

André sorriu e disse:

— Respondeu como um dicionário. Neste caso, o poder superior é Deus, o Senhor, o Criador do mundo e do Universo.

— Não sei o que pensar — respondeu em dúvida.

— Não precisa pensar; você tem que acreditar em Deus.

— Não é tão simples.

— O doutor se lembra do que disse na nossa primeira consulta?

— Sinto muito, mas não me lembro.

— O doutor disse que precisava de algo extremamente incomum para mudar de ideia. E agora você tem algo incomum.

Alberto lembrou-se de suas palavras e pensou:

"Ele tem razão, eu realmente disse isso."

André olhava atentamente para Alberto, esperando alguma resposta.

O médico suspirou e disse desanimado:

— Estou perdido com tudo isso. Sofri no passado quando acreditei em Deus e não quero viver tudo de novo.

— Deus lhe dará um novo começo — afirmou com confiança e gentileza, — não importa o que você tenha vivido. O passado não importa. Olhe para frente e aceite um futuro abençoado.

Estas palavras comoveram profundamente o coração de Alberto. Ele se sentou ao lado da cama de André e disse:

— Por favor, fale mais sobre esse recomeço e futuro abençoado.

André contou a Alberto algumas partes de sua história e lhe deu muitas provas inegáveis de que Deus o ajudou e o conduziu naquelas situações. Alberto ficou maravilhado com tudo o que ouvia e uma pequena chama de fé ardeu em seu coração. Pela primeira vez em mais de trinta anos, Alberto reconsiderou acreditar em Deus. Este dia foi o início de uma longa e forte amizade baseada na fé. André ajudou o médico com todas as suas dúvidas até que Alberto aceitou novamente Deus em seu coração e em sua vida.

A história da cura milagrosa de André se espalhou pelo hospital e muitas pessoas foram até ele para saber o que ele havia vivenciado. Devido ao seu testemunho, muitas pessoas acreditaram em Deus: médicos, enfermeiros, pacientes e seus familiares, e outras pessoas.

André tornou-se voluntário no hospital. Ele sempre incentivava as pessoas a acreditarem em Deus, a terem atitudes positivas e a darem o melhor de si em todas as situações.

O que estou fazendo de errado?

Uma mulher de meia-idade estava sentada em uma mesa cheia de papéis. Devido à sala mal iluminada, aquela tarefa lhe exigia mais atenção. Ela olhava os papéis e anotava em um caderno.

A cada papel que ela olhava, sua expressão ficava mais triste. Em certo ponto, ela jogou tudo na mesa, espalhando-os por todos os lados e suspirou.

— Senhor — disse com tristeza, — não consigo entender! Por que estou aqui? Não consigo nem pagar todas essas contas! O que está errado? O que estou fazendo de errado?

Ela apoiou a cabeça na mesa e começou a chorar.

— Achei que faria a diferença! — disse chorando. — Acho que este lugar seria melhor sem mim.

A mulher derramou diante do Senhor todas as suas lágrimas e sofrimentos. Ela já havia se segurado por muito tempo…

Há alguns anos, Simone havia chegado àquele pequeno e esquecido povoado. Leontino ficava muito distante da capital do estado e, consequentemente, estava praticamente abandonado pelas autoridades. Além disso, a região era muito árida. O clima era desértico, com temperaturas médias acima de trinta e oito graus Celsius.

Todos esses ingredientes criavam a receita perfeita para um ambiente miserável. Tudo por ali exalava pobreza: casas de barro inacabadas, poeira sem fim por toda parte, pessoas e animais magros, estradas de terra, e a cereja do bolo, um mar de crianças. Cada casa tinha pelo menos cinco delas. Formavam uma escada quando eram colocados lado a lado. Era como se nascesse uma a cada ano.

Apesar desse cenário caótico, Simone estava otimista com seu trabalho, pois acreditava que poderia fazer a diferença na vida do povo de Leontino. Ela foi enviada por uma igreja cristã da capital do estado. Sua igreja já estava desenvolvendo um trabalho lá. Alguns membros visitavam o local com propósitos evangelísticos e, em cada visita, levavam suprimentos para o povoado.

Devido ao apoio, a igreja e seus membros eram bem-vindos ali. Todas as pessoas faziam o seu melhor para auxiliá-los durante as visitas.

Simone visitou aquele povoado algumas vezes e ficou sensibilizada com a situação. Ela foi tomada por um forte desejo de ajudá-los; todos daquele lugar estavam constantemente em sua mente. Simone chorou, jejuou, implorou e pediu ajuda a Deus todos os dias. Aquelas pessoas se transformaram em seus entes queridos.

Após alguns meses de sofrimento, Simone foi convidada para uma reunião com a direção da igreja.

— Simone — disse uma mulher de meia-idade, — você sempre demonstrou seu desejo de ajudar as pessoas de Leontino; todos desejamos fazer a mesma coisa. Até agora, não tivemos uma oportunidade concreta. No entanto, Deus abriu uma porta para nós.

— Conte-me mais sobre esta porta aberta — pediu Simone.

— Nossa igreja conseguiu recursos para enviar uma pessoa para lá em tempo integral. — A mulher continuou: — Seu nome foi o primeiro que pensamos.

— Por causa do meu desejo de ajudá-los?

— Não só isso. Também foi devido à sua formação; você pode trabalhar como professora. A igreja te pagará um salário e ajudará em suas necessidades. Você os ajudará a melhorar seus conhecimentos e também os evangelizará. O que você acha?

Simone ficou emocionada com essa proposta e respondeu com entusiasmo:

— Seria como um sonho se tornando realidade! Reunirei minhas duas paixões: ensinar e evangelizar. Quando posso começar?

— Vamos acertar os últimos detalhes — respondeu um homem, — suponho que em algumas semanas tudo estará pronto.

— Algumas semanas? — ela questionou sem acreditar.

— Gostaria de ser mais rápido — respondeu o homem, — mas há muitas coisas para fazer.

— Não estou chateada com o atraso! — exclamou alegremente. — É muito menos tempo do que eu esperava. Glória a Deus!

Simone ficou muito feliz com tudo. Ela compreendeu aquela oportunidade como uma confirmação de Deus às suas orações.

Eles continuaram conversando sobre outros detalhes da futura missão de Simone. Ela ouviu tudo com atenção e entusiasmo.

"Esta oportunidade é tudo que eu sempre quis." — Pensou.

Ao final da reunião, oraram a Deus para que ele garantisse o sucesso daquela missão.

Nos dias seguintes, Simone ficou ansiosa ao imaginar como seria a viagem, seu trabalho, a recepção das pessoas, etc. Ela agradecia a Deus a cada momento e sentia que esta era sua missão como cristã.

Semanas depois, seu sonho se tornou realidade. Ela viajou para Leontino. A única maneira de chegar lá era de carro, já que não havia aeroporto perto daquele povoado. Foi uma aventura até chegar ao seu destino final. O primeiro desafio foi o engarrafamento; ela passou horas viajando uma distância curta e ficou furiosa.

Depois de quase duas horas de trânsito tranquilo, ela foi surpreendida novamente; uma chuva torrencial começou na estrada. Simone mal conseguia enxergar um metro à frente do carro. Ela teve que parar no acostamento.

— Senhor! — exclamou, preocupada. — O que é essa chuva? Nunca vi nada assim. Deus, eu te imploro que esta chuva pare.

Simone ficou estacionada por quase uma hora enquanto as comportas do céu eram abertas. Ela orava todo o tempo.

A tempestade cessou e a missionária Simone continuou sua viagem. Ela estava dirigindo e orando fervorosamente a Deus.

— Senhor, abençoe meu caminho, não deixe que nada me atrapalhe. Proteja-me de todos os males e problemas.

As horas seguintes foram perfeitas e ela percorreu mais da metade do percurso. Ela se cansou e parou em um restaurante à beira da estrada. Ela almoçou e descansou um pouco. Havia uma televisão perto da saída e ela assistiu por um instante. Um jornalista disse:

— Um caminhão bateu em vários veículos na rodovia dois-um-três. Os bombeiros fizeram o seu melhor para salvar todos, mas algumas pessoas não resistiram.

— Meu Deus! — Ficou surpresa com a tragédia. — Que Deus conforte os entes queridos.

— O acidente ocorreu próximo à cidade de Santana — Continuou o jornalista: — Por volta de uma tarde.

"Santana? Uma da tarde? Isso parece familiar." Refletiu.

— Senhor! — disse assustada com o que lhe veio à mente. — Lembrei de quando ouvi essas palavras.

Simone estava em casa fazendo as malas e uma jovem disse:

— Estou verificando sua rota. Você estará perto de Santana por volta de uma da tarde. Você tem que parar lá! — disse com entusiasmo.

— Por quê?

— Essa cidade tem o melhor milho-verde do estado! É fantástico!

Simone voltou para o carro, baixou a cabeça e orou humildemente:

— Senhor, obrigada por sua proteção sobre minha vida. Se eu não tivesse tido esses atrasos, poderia ser vítima desse acidente. Perdoe minha raiva e meu questionamento no início da viagem. Não conseguia nem imaginar que isso poderia ser bom para mim. Que o Senhor continue me abençoando pelas próximas horas.

Ficou refletindo por alguns minutos e depois continuou seu

caminho. Simone passou lentamente pelo local do acidente e ficou chocada ao ver os veículos destruídos e as pessoas feridas. Veículos e suas peças estavam espalhados nos acostamentos da estrada; as equipes de resgate ainda atendiam as pessoas; havia manchas de sangue no asfalto. A imagem era assustadora.

Simone agradeceu a Deus de todo o coração ao ver o que poderia acontecer se ela tivesse feito tudo como planejou. Ela pode respirar aliviada.

Depois de algumas horas dirigindo, Simone finalmente chegou a Leontino. Ela foi à casa de uma família local cujos membros sempre apoiavam a igreja em suas visitas. A missionária foi acolhida e saudada por todos que viu; todas as pessoas esperavam ansiosamente pela sua presença.

Nos dias seguintes, ela começou a preparar tudo o que precisava para o seu trabalho missionário. Havia muitas coisas para fazer; no entanto, também havia muita gente para ajudar em todas as tarefas. Todos no povoado desejavam ver este projeto em andamento. As pessoas trabalharam muito para reformar o prédio que seria a escola; fizeram tudo sob a orientação de Simone.

Enquanto trabalhavam, Simone começou outro trabalho; estava conversando com os futuros alunos. A missionária os conheceu e coletou suas informações; explicou suas responsabilidades estudantis e disse-lhes o que ensinaria.

Após a reforma do prédio, as aulas começaram. Simone dividiu os alunos conforme a idade e o nível de conhecimento. Ela os ensinava em três turnos: manhã, tarde e noite.

O principal assunto das aulas era tudo relacionado ao português: gramática, literatura, produção e interpretação de textos, etc. Ocasionalmente, Simone ensinava matemática básica e alguns tópicos de história, geografia e ciências. Ela fez o seu melhor para apoiá-los em suas necessidades.

Era parte de sua missão ensinar as pessoas usando textos bíblicos. Desta forma, ela poderia evangelizá-los e ensinar simultaneamente. Este método estava funcionando perfeitamente; os alunos estavam melhorando suas habilidades acadêmicas e sendo evangelizados. Simone analisou textos bíblicos e os contextualizou para as aulas. Todos conseguiram compreender a mensagem do texto e identificar os aspectos relacionados ao estudo do português.

Depois de algumas semanas, os resultados de seus esforços foram vistos. Muitos alunos que tinham notas baixas estavam mudando sua situação. Suas notas estavam melhorando e as escolas e as famílias os reconheciam.

Simone estava satisfeita com o que estava acontecendo. Sentiu como se estivesse deixando uma marca positiva naquele povoado.

Depois de chorar, Simone pegou novamente os papéis e continuou anotando.

— Preciso pagar isso rapidamente; isso, posso atrasar o pagamento — disse ela enquanto separava as contas.

No dia seguinte, caminhava apreensiva pela rua principal da cidade; observando atentamente tudo e todos. A maioria das pessoas olhava com desconfiança e certa raiva. Simone não era mais bem-vinda por grande parte da população local. Ela se sentia como uma bruxa na Idade Média.

Depois de alguns meses em Leontino, Simone já conhecia todas as pessoas e eles confiavam nela. Dessa forma, não havia segredos nas conversas dos moradores. Um dia, durante o intervalo das aulas, duas adolescentes conversavam na sala de aula enquanto Simone lia um livro.

— Tá pronta para o grande dia? — perguntou uma delas com entusiasmo.

— Mais ou menos — respondeu a garota, desanimada.

— Por quê?

— Não sei se é o momento certo — respondeu com tristeza.

— É o momento perfeito! — afirmou a garota com segurança. — Cê tá na idade perfeita para se casar. Ou você acha que algum homem vai querer se casar com você quando for mais velha?

Simone parou de ler.

"O quê?" — Pensou espantada. "Se casar?"

A garota suspirou e disse:

— Suponho que você esteja certa. Será melhor para mim me casar.

Simone não podia ficar calada e interrompeu:

— Meninas, desculpem minha intromissão, mas vocês estão falando em se casar por agora?

Simone caminhou em direção a elas e sentou-se.

— Sim, professora — respondeu aquela que estava animada, — é o costume aqui. Você não percebeu que não há mulheres solteiras na cidade?

Simone pensou um pouco e respondeu:

— Nunca havia notado, mas estou me lembrando de todas as mulheres que conheci, e todas são casadas.

A segunda garota respondeu:

— Os homens daqui não gostam de mulheres velhas. Se ultrapassar os vinte, dificilmente se casará. Os homens dizem que ela não é atraente e não seria uma boa esposa.

"Meu Deus!" — Pensou Simone, espantada e perguntou:

— Qual sua idade?

— Quinze.

— E qual a idade do seu futuro marido?

— Trinta e poucos.

— Misericórdia! — Simone ficou tão impressionada que disse em voz alta.

— Professora? — Ficaram surpresas com suas palavras.

— Me desculpem, mas isso é tão estranho para mim.

— Como é onde você mora?

— A maioria das pessoas se casa depois dos vinte anos ou mais. E as idades são mais próximas.

— Gostaria que as pessoas aqui pensassem assim — disse a futura noiva.

— Eles não pensam, mas vou fazer alguma coisa — disse Simone com confiança. — Esse pensamento sobre o casamento é antiquado e ilegal.

— Ilegal? — As garotas estavam surpreendidas.

— Sim, é ilegal. No Brasil, a idade mínima para se casar é de dezesseis anos, e os pais devem formalizar uma autorização para a autoridade do estado.

— Hum… — disse a garota, desanimada, — isso só funciona nas grandes cidades. — Aqui tem uma festa e o casal vai para casa viver feliz para sempre — disse ironicamente.

— Isso é quase uma prisão! — Simone estava exaltada.

— É a prisão de todas nós — respondeu a outra garota.

— Isso vai parar a partir de agora! Eu prometo! — disse Simone, confiante.

— Como? — perguntaram.

— Vocês verão. Com licença, preciso ligar para alguém.

Simone se levantou e saiu da sala de aula. A adolescente correu até ela e abraçou-a chorando e dizendo:

— Professora, obrigada por cuidar de mim.

Simone a abraçou com força e respondeu:

— Sempre farei o meu melhor para cuidar de todos aqui.

Após esse momento comovente, Simone ligou para alguém.

Dias depois, Simone reuniu toda a população do povoado na praça principal. Ela havia dito que haveria um anúncio importante para todos.

Algumas pessoas estranhas — homens e mulheres vestidas com roupas formais — estavam em uma plataforma elevada. Ninguém nunca os tinha visto antes. Eles pareciam pessoas influentes. Uma mulher de meia-idade pegou o microfone.

— Bom dia, sou Júlia, promotora estadual, e estou aqui com meus colegas de tribunal para falar sobre um assunto sério que chegou até nós: o casamento de menores.

Todas as pessoas se olharam e a mulher continuou:

— O que acontece aqui nem pode ser chamado de casamento. É quase sequestro e estupro! — disse em tom de censura: — As adolescentes estão se tornando esposas e mães. Em que século vocês acham que estão? Dezesseis? Dezessete?

Os habitantes de Leontino ficaram impressionados com seu discurso.

— De agora em diante. — Ela continuou com firmeza. — Esses relacionamentos abusivos serão banidos deste povoado. Se algum homem tomar uma adolescente como esposa, será preso e acusado como estuprador. Suponho que todos vocês sabem o que acontece com os estupradores na prisão — disse em tom de ameaça.

Os homens se entreolharam assustados.

Um homem de meia-idade pegou o microfone.

— Para garantir o que a promotora disse, vamos montar uma delegacia na cidade. Todas as mulheres que se sentirem ameaçadas, assediadas, coagidas, ou qualquer coisa que as perturbe, podem falar conosco. Temos policiais para ouvir e proteger vocês.

Muitas mulheres se sentiram aliviadas ao ouvir isso. Parecia uma pequena luz em meio à densa escuridão.

As pessoas na plataforma continuaram falando sobre o que fariam pelas pessoas de Leontino. O público feminino ficou contente com as promessas, mas o público masculino sentiu que seu reinado havia terminado.

Como Simone esperava, sua atitude gerou um mal-estar na cidade. Várias pessoas a viam como uma inimiga, pois estava destruindo a ordem social e a "moral". Eles sentiram que a forasteira estava tentando alterar as tradições antigas. Mesmo com todas as desaprovações e críticas, Simone continuou seu trabalho missionário.

As autoridades se estabeleceram no povoado e agiram como prometeram. Desde aquele discurso, não houve casamento de menores. Até mesmo algumas uniões anteriores foram desfeitas. As adolescentes podiam se transformar em mulheres e decidir quando queriam se casar e se o fariam.

Coincidência ou não, após esses acontecimentos, a igreja que apoiava Simone reduziu seu salário e sua ajuda financeira. Ela exigiu algumas explicações, mas eles apenas responderam que estava difícil conseguir dinheiro. Apesar de ter poucos recursos, Simone continuou fazendo o seu melhor por Leontino.

Tempos depois, Simone visitou a casa de uma família com muitos filhos e a mulher estava grávida. A missionária não conseguia entender por que eles queriam um novo bebê vivendo naquela situação precária.

— Sandra. — Simone estava um pouco hesitante. — Estou curiosa sobre uma coisa. Posso te perguntar?

— Sim.

— Minha pergunta é indiscreta. Por que você tem tantos filhos?

— Vou te responder com outra pergunta. O que posso fazer diferente? Como poderia não ter mais filhos?

— Você poderia usar camisinha, anticoncepcional, DIU, laqueadura das trompas, vasectomia, e ainda há muitas maneiras de evitar um bebê.

— Olha a minha situação. — Sandra abriu os braços para mostrar sua pobre casa. — Como posso pagar por isso?

— Você não precisa pagar; estes métodos são gratuitos e fornecidos pelo governo. Você só precisa buscar seus direitos.

— Se conseguir, não sei se isso tá certo — respondeu desanimada.

— Por que não seria certo? — Simone perguntou surpresa.

— E se Deus não aprovar evitar bebês? Aprendi que as crianças são um presente de Deus.

— Elas são um presente. Mas Deus não quer ver ninguém sofrendo por causa da pobreza e da miséria. Devemos fazer a nossa parte. Se alguém não consegue sustentar um bebê, não deve ter um. É nossa escolha pessoal.

Sandra refletiu sobre as palavras de Simone e disse:

— Acho que faz sentido. Você deveria conversar com todas as mulheres aqui porque todas pensam da mesma maneira.

— Sério?

— Sim, não temos nenhum conhecimento sobre os nossos direitos e o que podemos fazer para obtê-los. Suponho que no episódio dos casamentos de menores você percebeu o quanto as pessoas aqui precisam de informação.

— Isso é verdade.

— E, além disso, é difícil que algo bom chegue a este lugar.

— É difícil, mas não é impossível. E para Deus, todas as coisas são possíveis! — Simone exclamou com confiança.

Sandra sorriu e disse:

— O que você vai fazer?

— Vou fazer uma ligação. — Simone sorriu.

— Você tem muitos contatos influentes.

— Mesmo que não pareça, há muitas pessoas comprometidas em fazer a coisa certa e ajudar os outros.

— Tô feliz que você esteja aqui e seja uma dessas pessoas.

— E estou feliz por poder ser útil!

Elas continuaram conversando e depois, Simone foi embora e ligou para alguém.

Dias depois, Simone começou a reunir as mulheres e conversar com elas sobre seu novo projeto. Algumas delas estavam resistentes à ideia do controle de natalidade, mas após a missionária destacar as possibilidades e vantagens para elas e para as suas famílias, elas pareciam mais abertas a isso.

Como esperado, houve oposição a esta novidade. Muitos se opuseram drasticamente, dizendo que Simone era contra Deus e seu plano de multiplicação. Ela discutiu com eles sobre os benefícios do planejamento familiar, mas foi inútil. Ninguém estava disposto a ouvi-la.

A discussão tornou-se tão acalorada que as autoridades tiveram que intervir para restabelecer a ordem. Os policiais tiveram que ameaçar alguns homens com a prisão para que deixassem a missionária em paz e permitissem que ela continuasse falando com as mulheres.

Depois de algumas semanas, as equipes médicas chegaram a Leontino e atenderam a todos, ensinando-lhes sobre controle de natalidade e planejamento familiar. Os visitantes explicaram-lhes muitas questões importantes, examinaram mulheres, prescreveram anticoncepcionais, distribuíram preservativos e agendaram alguns procedimentos cirúrgicos.

Alguns homens mudaram de ideia e também foram atendidos. Era uma minoria, mas as suas ações deram alguma esperança a Simone.

Naquele dia, Simone conheceu um homem que era missionário na cidade vizinha. Eles conversaram muito sobre suas experiências, desafios e todas as coisas. No final daquele dia, eles se comprometeram a manter contato.

Outra vez, a igreja de Simone reduziu seu salário e apoio financeiro. Ela exigiu explicações, mas não houve resposta concreta. Simone suspeitava que a Igreja não concordasse com as suas reformas em Leontino. Meses depois, suas suspeitas foram confirmadas. Uma amiga próxima ligou para ela e explicou tudo o que estava acontecendo. A administração da igreja ficou incomodada com as mudanças no povoado. Muitas pessoas na igreja achavam que Simone deveria apenas ensinar e evangelizar; ela não havia sido enviada para fazer reformas progressistas e alterar a ordem e as tradições sociais.

A missionária ficou triste com estas palavras; ela orou a Deus pedindo que Ele a ajudasse naquela situação porque ela tinha dúvidas sobre seu propósito.

Ela abriu sua Bíblia em Mateus, capítulo cinco.

"13 "Vocês são o sal da terra. Mas se o sal perder o seu sabor, como restaurá-lo? Não servirá para nada, exceto para ser jogado fora e pisado pelos homens. 14 "Vocês são a luz do mundo. Não se pode esconder uma cidade construída sobre um monte. 15 E, também, ninguém acende uma candeia e a coloca debaixo de uma vasilha. Ao contrário, coloca-a no lugar apropriado, e assim ilumina a todos os que estão na casa. 16 Assim brilhe a luz de vocês diante dos homens, para que vejam as suas boas obras e glorifiquem ao Pai de vocês, que está nos céus."

Simone suspirou e disse:

— Ah, Senhor, quero ser sal e luz para essas pessoas, mas parece que ninguém quer isso. Estou fazendo o meu melhor, mas até a igreja está me limitando. Senhor, me ajude a continuar fazendo a diferença e pregando a sua palavra.

A missionária estava ficando cansada e desanimada; no entanto, ela não desistiu nem cedeu. Simone encontrou apoio sólido e gentil naquele homem com quem manteve contato. Eles começaram a namorar e o amor verdadeiro nasceu em seus corações.

Ano após ano, havia mais alunos nas aulas. Após as transformações iniciais, mais pessoas estavam confiantes de que a educação poderia levá-las a um futuro melhor. A juventude de Leontino sonhava com uma nova vida, novos padrões e conquistas. Pela primeira vez naquele povoado, eles puderam se ver em um estilo de vida diferente do de seus pais. Garotos e garotas não se viam como jovens pais pobres, trabalhadores rurais e donas de casa. Eles começaram a acreditar que poderiam alcançar posições mais elevadas, sair daquele lugar isolado e construir uma vida nova e abençoada.

Esses jovens contaram aos pais suas perspectivas e a reação foi terrivelmente pior do que esperavam. Praticamente todos os pais desencorajaram e repreenderam os filhos. Eles disseram que essas ideias não eram para eles; todas eram apenas ilusões semeadas por Simone, e nenhum deles conseguiria alcançar. Mesmo com os pais jogando areia em seus sonhos, eles não acreditaram. Cada adolescente continuou buscando seus sonhos.

Mais uma vez, as pessoas de Leontino discutiram com Simone por causa dos sonhos dos adolescentes. Eles a acusaram e insultaram com todos os palavrões que conheciam. Eles a acusaram de ser contra a família e seus valores. Ela era considerada uma destruidora de famílias, instigando os filhos a deixarem os pais e viverem uma vida descontrolada.

Desta vez, as forças da lei estavam reduzidas na cidade e a confusão tomou proporções enormes. As pessoas vandalizaram a escola e a casa de Simone. Eles queimaram cadernos, livros e materiais escolares. Na casa dela, quebraram janelas, cortaram energia e internet e quase colocaram fogo na casa.

Simone ficou consternada ao ver a selvageria das pessoas. Ela gritou por misericórdia e tentou impedi-los, mas eram muitos contra ela. Alguns estudantes se juntaram em sua defesa, mas eram apenas algumas pessoas contra uma multidão. A missionária chorou amargamente ao ver a destruição. O noivo foi avisado sobre o caos e foi até Leontino. Ele a levou para outro lugar. O que aconteceu naquele dia foi inacreditável para

Simone; tudo parecia um pesadelo.

Apesar da caça às bruxas, Simone voltou para Leontino. Ela caminhou lentamente pelas ruínas da escola; olhou para o cenário de destruição e se lembrou de tudo o que viveu ali, desde a primeira vez que entrou naquela sala. Todos aqueles sonhos do passado foram queimados pela ignorância. Ela ficou profundamente comovida e as lágrimas desceram.

Em seguida, foi à sua casa e viu quase a mesma situação; a única diferença era a ausência de fogo, mas o resto estava como na escola: bagunçado, destruído e tudo espalhado para todos os lados. Assim que seus alunos souberam de sua visita, foram até sua casa e lhe ajudaram a consertar o que podiam.

E para piorar a situação, dias depois, ela recebeu diversas contas cobrando todos os danos que as pessoas haviam causado. A injustiça era imensurável; ela foi uma vítima, mas foi tratada como uma criminosa. Simone sabia que não teria condições de pagar todas aquelas contas, mas as analisou com cuidado para decidir quais seriam pagas.

Depois de pagar o que pode, todo o dinheiro de Simone acabou. Ela tinha dinheiro somente para mais uma refeição, e depois, não sabia como iria sobreviver. Simone almoçou no lugar mais barato do povoado; ela estava sentada sozinha em um canto. Enquanto comia, pensava na sua vida, desde o momento em que foi convidada para a missão até agora.

"Deus, valeu a pena?" — Pensou com tristeza. "Foi isso que o Senhor sonhou para mim? Não consigo entender por que tantas tragédias vieram sobre mim! Tentei dar o meu melhor desde que recebi o convite para esta missão, mas sempre recebi o pior de todo mundo. Eles me odeiam por causa de tudo que fiz."

— Simone? — uma voz masculina a chamou.

Ela olhou e viu um jovem; ela nunca o havia visto antes.

— Se você veio me cobrar, pode desistir! — Simone respondeu, desanimada. — Gastei meu último centavo no almoço.

— Sinto muito pelo que te aconteceu. Não vim te cobrar; vim te agradecer.

— Agradecer? — Estava surpresa.

— Sim, agradecer. Você abençoou minha vida de uma forma que não consigo descrever — respondeu amavelmente.

Simone observou-o atentamente, tentando reconhecê-lo, mas não conseguiu.

— Sinto muito, mas não me lembro de você. Qual o seu nome?

— Felipe. Você nunca me viu, mas o seu trabalho me ajudou.

— Como?

— Posso me sentar?

— Sim.

— Sou de outra cidade e lá conheci um ex-aluno seu. Estamos na mesma faculdade. Wesley foi a primeira pessoa que me falou sobre Deus, Jesus e salvação. No começo, eu zoava e dizia que nunca iria frequentar uma igreja. Mas quando cheguei ao fundo do poço, tudo mudou.

— O que aconteceu? Pode me dizer?

— Vivia como um louco: festas, álcool, drogas e tudo que você possa imaginar. Achei que estava controlando minha vida, mas os vícios estavam me controlando. Bebia e consumia drogas todos os dias e meus pais ficavam desesperados com minha situação. Em meio a essa loucura, o Wesley estava lá falando sobre liberdade e vida nova. Ele disse que Jesus poderia me libertar dos vícios e eu seria outra pessoa. Wesley repetia que aquele não era o fim da minha história e que tudo poderia ser diferente. Ele era como um disco arranhado; foi irritante; mas sua fé me deu confiança para buscar minha liberdade. Fui para a reabilitação e Deus me presenteou com uma vida nova. Luto todos os dias contra o vício; é uma batalha difícil, mas sei que tenho um amigo verdadeiro que me apoia e tenho o Deus Todo-Poderoso para segurar minhas mãos. Não estou mais sozinho. Tudo isso foi possível porque você foi a professora; você o ensinou matérias escolares e ele pode ingressar na faculdade. E você também o ensinou sobre fé, e assim, ele pode me ensinar. Indiretamente, você faz parte da minha salvação.

Simone ficou profundamente emocionada com a história de Felipe. Ela entendeu que o seu propósito era maior do que Leontino, e talvez ela não veria todos os frutos do seu trabalho, mas Deus veria.

Ela sorriu e disse:

— Uau! Que história de superação! Me sinto honrada por fazer parte disso.

— Quero apoiar seu trabalho para continuar ajudando as pessoas.

— Obrigado, mas depois dos últimos acontecimentos, preciso de muitos recursos.

— Não se preocupe. — Ele sorriu. — Meus pais têm tudo que você precisa e serão muito generosos.

A esperança nasceu de novo no coração de Simone. Naquele momento, ela reconheceu que Deus sempre abençoava seu trabalho.

Meu último dia de tristeza

À noite, um homem de cerca de quarenta anos caminhava pela rua em traje formal. Ele sempre tinha uma expressão alegre e cumprimentava todos que via na rua.

Ele entrou em uma padaria e comprou uma garrafa de água. Ao sair, viu um homem de meia-idade sentado na calçada. Ele usava roupas sujas e tinha uma garrafa plástica de bebida ao seu lado. Não era a primeira vez que ele via aquela cena.

— José! — disse para o homem na calçada. — Por que tá aí sentado no chão?

— Pastor Henrique — respondeu José sorrindo e com voz bêbada, — tô aqui na boa. Se eu quiser, posso até deitar.

O pastor agachou-se e olhou para aqueles olhos cansados e tristes. Ele disse com compaixão:

— José, já disse que você deveria cuidar de si mesmo. Você não pode ficar aí jogado no chão ou na rua. Você merece uma vida melhor.

— Pastor, olhe pra mim. Sou um bêbado. Você realmente acredita que mereço algo melhor?

— Sem dúvida, acredito! — respondeu com confiança. — Você não é um bêbado, você é uma pessoa em uma situação de embriaguez temporária. Você é filho do Deus Altíssimo! Você pode superar esta situação e seguir para um futuro brilhante. Você merece tudo de bom em sua vida.

O homem sorriu e disse:

— O pastor diz isso com tanta confiança. Quase acredito.

— Deveria acreditar. Não sou eu que tô dizendo. É Deus dizendo pra você.

Por um instante, José pensou em viver de outra forma. Mas ele olhou para a garrafa de bebida e mudou de ideia.

— Pastor, suas palavras são tão comoventes. Mas suponho que isso não seja para mim. Tô velho e desarrumado. Veja minha aparência: sujo, barba e cabelo comprido. — Ele se cheirou e continuou: — Um pouco fedido. Deus iria querer alguém como eu?

— Deus não nos ama por causa da nossa aparência. Ele nos ama por causa dos nossos corações. Se você acreditar e entregar sua vida a ele, ele te receberá de braços abertos. Jesus vai te abraçar e caminhar com você — disse Henrique corajosamente.

José suspirou e disse em dúvida:

— Talvez um dia. Acho que ainda não tô pronto.

— Não demore a tomar uma decisão. Nenhum de nós sabe quanto tempo nos resta.

— Não seja um profeta do caos. Tenho certeza de que tenho muito tempo. Se cheguei aos cinquenta… — José estava confuso.

— Ou tenho quarenta e nove? Deixa eu ver.

José tirou a carteira do bolso da camisa e pegou um documento; ele tentou ler, mas não conseguiu. Então, ele pediu a Henrique:

— Por favor, me diga minha idade.

Henrique pegou o documento, analisou e disse:

— Você tem quarenta e nove anos até hoje. Amanhã você fará cinquenta anos! — disse com entusiasmo. — Tenho certeza de que será um ótimo dia!

— Será um dia comum como todos os meus dias! — José respondeu desanimado. — Não vai acontecer nada de especial.

— E sua família e amigos? — Henrique perguntou surpreso.

— Amigos? Isso não faz parte da minha vida! Quem você acha que quer ser amigo de um bêbado?

— E sua família?

— Pastor, você não conhece minha história?

— Já conversamos outras vezes, mas você não me contou sobre seu passado.

— Se você tiver tempo, posso te contar agora.

Henrique estava indo para um culto onde iria pregar; porém, entendeu que naquele momento não poderia deixar José.

— Espere um momento, por favor.

Henrique levantou-se e ligou para alguém; disse que não

poderia pregar naquele dia. Depois, entrou na padaria e voltou com duas cadeiras para ele e José.

Eles se sentaram, José respirou fundo e disse com tristeza:

— É um pouco difícil para mim contar minha própria história. Antigamente tudo era diferente...

José lembrou-se de como era sua vida. Na época ele era mais jovem e bem-arrumado; andava pelas ruas como Henrique, sorridente, feliz e animado.

Ele entrou em sua casa e foi recebido por uma mulher maravilhosa. Ela o abraçou apertado e o beijou apaixonadamente.

— Meu amor! — disse ele com entusiasmo. — Eu te amo tanto!

— Nós te amamos muito! — ela respondeu no mesmo tom enquanto acariciava sua barriga.

José se abaixou e disse perto de sua barriga:

— Já te amo, meu bebê!

— Tá lembrado da nossa consulta médica amanhã? — ela perguntou.

— Claro! Tô ansioso para saber se teremos um menino ou uma menina.

— Eu também!

— Assim que soubermos, podemos preparar o quarto.

— Tenho muitas ideias! — ela exclamou com entusiasmo.

— Tenho certeza de que você não tem ideias melhores do que eu. Se for menino, compraremos um berço e uma cama em formato de carro. Se for uma menina, será em formato de sereia.

Ela riu e disse:

— Se são melhores, não sei, mas com certeza suas ideias são mais doidas que as minhas.

— Devemos fazer o nosso melhor pelo nosso bebê!

— Mas não precisamos fazer as coisas mais doidas. Vamos esperar até amanhã e então decidiremos o que comprar.

O casal continuou conversando sobre seus planos para o quarto do bebê.

No dia seguinte, eles foram a uma consulta médica. Uma médica os atendeu durante o ultrassom. Ela parecia surpresa com aquelas imagens. O casal percebeu sua reação e ficou preocupado.

— Doutora — disse apreensiva, — tá tudo bem com meu bebê?

— Natália — respondeu a médica, — está tudo bem com os seus dois bebês. Parabéns, você terá gêmeos, um menino e uma menina.

— Tá falando sério? — Natália não conseguia acreditar.

— Me belisca porque tô sonhando! — José estava muito

animado com aquela notícia.

A médica sorriu e disse:

— Sei que isso é inacreditável, mas vocês foram abençoados com um casal. Isso é muito raro.

— Graças a Deus! — José gritou.

Os olhos de Natália se encheram de lágrimas e disse:

— Isso é incrível!

José e Natália ficaram impressionados com aquilo; eles desejavam um bebê há muito tempo e agora teriam dois.

O casal saiu da consulta e foi a diversas lojas comprar móveis para o quarto dos gêmeos.

Os meses se passaram e o quarto ficou pronto para Amanda e Miguel. Metade era rosa e a outra metade azul. Eles preencheram todo o espaço com todos os tipos de coisas fofas: letras soletrando os nomes do bebê, papéis de parede com belos designs, artesanato e estampas personalizadas, baús, brinquedos para bebês, etc.

No dia da cesárea, o casal foi ao hospital e não houve complicações; tudo ocorreu como os médicos planejaram.

Dias depois do nascimento, eles voltavam para casa; José dirigia e Natália e os bebês estavam no banco de trás. Eles estavam felizes e entusiasmados para começar sua nova vida como família. O carro passou por um cruzamento no sinal verde e foi atingido por um ônibus que avançou o sinal vermelho.

José acordou semanas depois e soube que era o único sobrevivente do acidente; sua esposa e seus filhos faleceram e foram enterrados. Ele mergulhou num profundo estado de melancolia e depressão; nada fazia sentido para ele.

Ele entrou no quarto dos bebês e imaginou tudo o que sua família poderia ter vivenciado ali; entretanto, tudo era apenas imaginação e fantasia. Nenhum de seus pensamentos aconteceria.

José tentou obter algum alívio bebendo uma garrafa de champanhe que havia guardado comemorar a chegada dos filhos.

— Pastor, desde aquele dia, sempre tenho uma garrafa ao meu lado.

Henrique ficou profundamente comovido com a história de José. Sentiu um misto de sentimentos: compaixão, pena, tristeza, empatia, etc. O pastor entendeu o que havia levado José ao vício do álcool; as perdas o abalaram de maneira definitiva.

— José, sinto muito pelo que te aconteceu. Não tenho palavras que possam te consolar.

— Obrigado, pastor. — José sacudiu sua garrafa de bebida e disse: — De alguma forma, encontrei algo para me consolar.

— Suponho que... — Henrique esqueceu o que iria dizer e

ficou paralisado.

Os olhos de José estavam atentos a ele, aguardando a conclusão. Henrique sentiu como se alguém o tivesse interrompido e sussurrado algo em seus ouvidos.

— Pastor? Tá bem?

Henrique voltou a si e disse:

— Tô bem. Tive uma ideia incrível! — disse alegremente.

— Pode me dizer o que pensou?

— Amanhã!

— Amanhã?

— Sim, posso te encontrar em casa pela manhã?

— Acho que sim — respondeu José com desconfiança. — O pastor começou a se comportar de maneira estranha. O que aconteceu?

— Se eu te contar, tenho certeza de que não vai acreditar. Só te peço uma coisa, por favor, não beba mais nada de agora em diante — Henrique pediu em tom sério.

— Vou tentar ficar sóbrio, mas não posso prometer nada.

— Você vai conseguir! Acredito que Deus te dará forças para resistir — disse com segurança.

— Acho que só vou conseguir por causa da sua ousadia.

— Amém! Você vai conseguir! — Henrique afirmou com confiança. — E para garantir, eu fico com isso.

Henrique pegou a garrafa de cachaça.

José sorriu e disse:

— O pastor sabe que se eu quiser outra posso comprar?

— Sei. Mas confio em você; confio que não fará isso.

— O pastor tem mais confiança em mim do que eu mesmo.

— Acredite, José, você ficará sóbrio até amanhã. — Henrique estava muito confiante.

Despediram-se e Henrique foi embora pensando no que faria. Ele tinha muitas ideias e ligou para algumas pessoas que poderiam ajudá-lo.

Na manhã seguinte, Henrique chegou cedo à casa de José. Ele bateu no portão e ouviu a resposta:

— Tô indo!

José abriu o portão e disse:

— Pastor, acordou junto com as galinhas? Achei que chegaria um pouco mais tarde.

Henrique percebeu que ele parecia sóbrio e perguntou para confirmar:

— Tá sóbrio?

— Sim. Não sei como consegui. Desde a nossa conversa, não tive vontade de beber nada.

— Eu disse que Deus te daria forças para resistir.

— Talvez — José respondeu em dúvida.

— Não duvide. Deus está te ajudando.

— Talvez… — José continuou duvidando.

— Vamos dar uma volta. Temos muitas coisas para fazer! — disse com entusiasmo.

— Temos? — José perguntou surpreso.

— Sim, temos. Entre no meu carro.

— Espere um minuto, tenho que trancar a porta.

— Tudo bem.

José entrou em sua casa e voltou rapidamente. Eles entraram no carro e foram.

— Aonde estamos indo? — perguntou José.

— Em breve você verá.

— O pastor tá misterioso. O que aconteceu?

— No final do dia vou te contar.

— Cada resposta que você dá me deixa mais curioso.

— Não se preocupe. — Henrique sorriu. — Tenho ótimos planos para o seu dia.

Henrique dirigiu por alguns minutos e sorriu ao ver seu destino.

— Aqui está nossa primeira parada! — Henrique anunciou enquanto estacionava o carro.

José olhou em volta e disse surpreso:

— Estamos no lugar certo?

— Estamos.

Eles pararam em frente a uma barbearia.

— Não preciso de um novo corte de cabelo.

— Com certeza, você precisa. Vamos!

— Tudo bem — ele concordou desanimado.

Entraram no local e o barbeiro estava sorrindo e esperando perto de uma cadeira.

— Bem-vindo, José! — o barbeiro disse com entusiasmo. — Tá pronto pra uma transformação?

— E eu tenho escolha? — perguntou a Henrique.

— Não, você não tem. — Henrique sorriu.

— Por favor, sente-se e relaxe — pediu o barbeiro.

José sentou-se e o barbeiro puxou uma cordinha; uma cortina cobriu o espelho.

— Não vou ver o que cê tá fazendo comigo?

— Vai ser uma surpresa! — Henrique respondeu.

— Mais uma surpresa, não é pastor?

Henrique sorriu e respondeu:

— Sim, mais uma surpresa.

O barbeiro começou seu trabalho. Ele cortou o cabelo de José e o barbeou. Depois, lavou e o penteou.

José estava diante do espelho coberto; ele passava as mãos pela cabeça, tentando descobrir como estava.

— José — disse Henrique, —tá pronto para ver um novo homem?

— Não sei se apenas cortar o cabelo e fazer a barba podem me tornar um novo homem. Mas estou ansioso para me ver.

— Veja o novo José! — disse o barbeiro enquanto abria a cortina.

José olhou atentamente para a imagem refletida. Ele tocou seu rosto porque não acreditava no que estava vendo. José analisou todos os detalhes daquele novo homem.

— Tô de queixo caindo! É inacreditável o que fez — disse José.

José sentiu como se algo tivesse nascido de novo dentro de si; ele pode se ver bonito e respeitável depois de tanto tempo. Ele se conteve para não chorar.

— Muito obrigado! — José agradeceu ao barbeiro de todo o coração.

O homem o abraçou e respondeu:

— Deus vê você como uma obra-prima, uma pedra preciosa e um diamante perfeito. Comece a se ver dessa maneira.

— Vou tentar.

— Não vai tentar! — Henrique disse com segurança: — Você vai conseguir.

— Tudo bem, pastor — disse José, — vou conseguir.

Despediram-se do barbeiro e continuaram o passeio. José se olhava nos espelhos quase o tempo todo. Sua transformação foi incrível e tremenda.

— Pastor, tenho que agradecer mais uma vez! Isso foi incrível.

— Calma, José. — Henrique sorriu. — Isto é apenas o começo.

Depois de alguns minutos, eles pararam.

José observou a loja e disse sorrindo:

— O pastor quer me refazer?

— Claro, hoje vai começar uma nova etapa da sua vida.

Desta vez, era uma loja de roupas. Entraram e um casal os recebeu.

— Bom dia, José! — A mulher cumprimentou José com alegria.

— Bem-vindo à nossa loja! — O homem disse no mesmo tom alegre.

— Bom dia — respondeu José.

— Meus amigos — disse Henrique, — tenho certeza de que vocês darão um novo estilo ao José.

— Preparamos o nosso melhor para ele! — O homem respondeu com entusiasmo.

— José — disse-lhe Henrique, — você está em ótimas mãos,

aproveite.

— Tudo bem.

Henrique disse ao casal:

— Vocês lembram o que fazer?

— Sim — respondeu a mulher. — Nossos espelhos estão cobertos.

José olhou para Henrique e exclamou em desaprovação:

— Pastor! De novo?

Henrique sorriu e disse:

— Vai ser mais uma surpresa.

— Tudo bem.

O casal apresentou a José algumas combinações de roupas e ele as experimentou. Depois de escolher o que usaria, voltou para Henrique.

O pastor olhou para ele e disse com confiança:

— Este é o homem que Deus te criou para ser! Vamos ver um homem abençoado e forte?

José sorriu e disse:

— É engraçado o jeito que cê fala de mim. Vamos me ver no espelho.

O espelho foi descoberto e José observou-se de cima a baixo. Ele notou a limpeza e a beleza daquelas roupas e sapatos novos.

Ele foi transportado ao passado quando ele e Natália iam

comprar roupas. Toda aquela animação e vontade de estar bem-vestido nasceram novamente em seu coração.

— Tô chocado! — José ficou pasmo. — Cê me trouxe de volta a um dos momentos mais felizes da minha vida.

O homem o abraçou e disse com confiança:

— Deus nos dá momentos felizes todos os dias. Aceite o que Deus pode fazer em sua vida.

— Obrigado por suas palavras. — José sorriu e disse: — Pastor, se continuar nesse ritmo, vou acreditar em todas essas palavras.

— Pode acreditar — respondeu Henrique, — esta é a verdade sobre você.

— Ainda não sei.

— Mas em breve você terá certeza! Vamos continuar nosso passeio?

— Vamos!

José despediu-se do casal com muitas palavras de agradecimento; ele e Henrique continuaram sua jornada.

Era quase meio-dia e Henrique parou em frente a um restaurante.

— Acho que este lugar é familiar — disse José.

— Já comeu aqui?

— Acho que sim — respondeu em dúvida.

— Quando?

— Não me lembro.

— Vamos almoçar. Tenho certeza de que vai se lembrar.

Entraram naquele lugar e o chef estava esperando por eles. Ele sorriu e disse:

— Bem-vindo ao meu restaurante, José.

José olhou atentamente para aquele homem de meia-idade como se o reconhecesse. Ele procurou profundamente em sua mente e se lembrou.

— Francis?

— Sabia que você me reconheceria e se lembraria! — Francis disse com entusiasmo.

José olhou em volta, notando todos os objetos naquele lugar. Essa visão o trouxe de volta aos seus melhores momentos, onde ele e sua esposa frequentavam o restaurante. Esse era o seu lugar favorito.

— As coisas estão um pouco diferentes — disse José, — mas me lembro de quase tudo — disse com nostalgia.

Ele caminhou pelo ambiente e tocou nas cadeiras, mesas, objetos, etc.

— Pastor — disse José, — por que cê tá fazendo isso? Por que tá tentando me levar de volta ao meu passado?

Henrique aproximou-se dele e respondeu gentilmente:

— Não estou tentando te levar de volta ao seu passado. Estou tentando trazer felicidade para sua vida.

— Como eu poderia ser feliz de novo? Perdi tudo que amava.

— Mas você não perdeu sua vida. Seus entes queridos morreram, mas você continua aqui. Já pensou o que sua esposa diria se te visse ontem? O que ela diria ao ver o marido bêbado, sujo e jogado no chão? Tenho certeza de que ela desejaria o melhor para você. Ela gostaria de te ver sóbrio, saudável, bonito e bem alimentado. Estou tentando lembrar quem você realmente é.

"Quem sou eu?" — Pensou José. "Poderia ser aquele homem respeitável de novo? Ou sou um velho bêbado?"

José viu algumas garrafas de bebida numa prateleira e um espelho atrás delas. Ele quase podia sentir o sabor das bebidas, então olhou seu reflexo. José viu metade do seu rosto em sua nova aparência e a outra metade como no dia anterior.

— Minha eterna namorada — disse chorando, — por você, quero ser novamente minha melhor versão.

José caminhou em direção a Henrique e o abraçou com força enquanto dizia:

— Pastor, o que estou sentindo agora está além do que posso expressar com palavras. Achei que nunca mais sentiria isso. Mas graças a você, estou me sentindo vivo novamente. Muito obrigado!

José liberou todas suas lágrimas e Henrique disse gentilmente:

— De nada, mas sou apenas um servo de Deus. Você deve agradecer a ele. Ele está te libertando de seus sofrimentos passados e mostrando um novo começo.

— Quero ser livre e começar de novo — respondeu José enquanto enxugava as lágrimas. — O que tenho que fazer?

— Vamos sentar e eu te digo.

Sentaram-se e almoçaram enquanto Henrique explicava a José alguns passos que poderia tomar. Como: seguir no caminho de Deus, aconselhamento, apoio médico e psicológico, reabilitação, etc. O pastor percebeu que José estava muito interessado em todas essas coisas. José parecia estar pronto para começar uma vida nova e abençoada.

Depois do almoço, José sentiu leves dores abdominais e disse sorrindo:

— Acho que comi demais, meu estômago não tá acostumado com essa quantidade de comida.

— A partir de agora você reeducará seu corpo para uma nova fase.

— Com certeza! O começo é hoje! — José afirmou com

confiança.

— Agora, vamos para o nosso penúltimo compromisso!

— Penúltimo? Ainda tenho mais dois compromissos?

— Sim, tem.

Entraram no carro e foram para o próximo destino. Henrique estacionou e José disse:

— Não acha que estou muito velho pra isso?

Henrique sorriu e respondeu:

— Ninguém é velho demais para se divertir. Você merece. Quando foi a última vez que se divertiu?

— Não me lembro.

— Vamos nos divertir! — Henrique afirmou com confiança.

Eles passaram toda a tarde em um parque de diversões. José brincou e se divertiu como se fosse uma criança. Foram na montanha-russa, roda gigante, carrinhos de bate-bate e carrossel; eles também jogaram e ganharam muitos prêmios.

A felicidade e a excitação encheram a mente e o corpo de José; enquanto estava no parque, não se lembrava de nenhuma tristeza em sua vida. Era como se ele tivesse nascido de novo e começado uma nova vida naquele dia. José foi levado das trevas da angústia para a luz da alegria.

Eles estavam saindo do parque e José notou um pôr do sol imponente; ele se encantou com a beleza e as nuances das cores.

O céu tinha muitos tons deslumbrantes, misturando azul, amarelo, laranja e vermelho. O sol havia tocado o horizonte e eles só conseguiam ver sua metade.

José respirou fundo e disse de todo o coração:

— Deus, obrigado por este dia, obrigado por esta visão magnífica, obrigado por tudo que o Senhor fez por mim hoje.

"Glória a Deus!" — Henrique pensou. "O Senhor curou seu coração partido e seu espírito. Ele é um novo homem."

— Pastor, vamos para meu último compromisso? — José disse com entusiasmo.

— É assim que se fala! — Henrique respondeu da mesma forma entusiasmada.

Eles voltaram para seu bairro. Mas em vez de Henrique voltar para a casa de José, ele foi até a igreja. As luzes estavam apagadas e o local fechado.

— Pastor, por que estamos aqui? — José perguntou surpreso.

— Esqueci uma coisa lá dentro. Pode me ajudar a pegar e colocar no meu carro?

— Sim.

Henrique abriu a porta e assim que entraram todas as luzes se acenderam; havia um enorme cartaz de feliz aniversário e muitas pessoas. E todos que haviam encontrado durante o dia também estavam lá.

Eles cantaram a uma só voz:

— Parabéns para você! Nesta data querida! Muitas felicidades! Muitos anos de vida! Deus está ao seu lado! Que todos os sonhos sejam realizados!

José não resistiu e as lágrimas desceram.

— Este é o melhor dia de todos! — disse profundamente emocionado: — Não acredito que tô vivendo isso.

Enquanto as pessoas ainda cantavam, alguém se aproximou empurrando uma mesa com um bolo de aniversário com uma vela soltando faíscas.

As lágrimas de José aumentaram e ele abraçou Henrique; tentou agradecer-lhe, mas a emoção não lhe permitiu dizer nada.

Henrique entendeu o que ele queria dizer e respondeu:

— Você merece. Você é precioso. Deus te ama.

José conteve as lágrimas e foi cumprimentado e abençoado por todos. Todas as pessoas lhe disseram palavras de encorajamento.

Em certo ponto, Henrique pegou um microfone e disse:

— José, por favor, diga algumas palavras.

José ficou um pouco nervoso, mas pegou o microfone.

— A primeira coisa que tenho a dizer é muito obrigado! Passaria a noite inteira agradecendo a todos aqui. Nunca imaginei que viveria o que vivi hoje. Ontem, a esta mesma hora, estava sujo e jogado no chão. E agora estou limpo e de pé. Tudo isso só foi possível por causa de um homem. — José olhou para Henrique e continuou: — O pastor Henrique acreditou em mim mesmo, quando eu não acreditei. Ele disse que eu não era um bêbado e poderia ter uma vida melhor. E hoje estou vivendo uma vida melhor. Mais uma vez, obrigado, pastor.

As pessoas aplaudiram o discurso de José e ele entregou o microfone para Henrique.

— Obrigado pelas suas palavras, José. Mas devo confessar que o que aconteceu hoje não foi só por minha causa. Todas as pessoas aqui compartilham a responsabilidade. Desde que conversamos ontem, comecei a ligar e mandar mensagens para todos. Pedi ajuda a todos que conheço e todos eles puderam fornecer algo para tornar o seu dia especial. José, no início deste dia você me perguntou o que aconteceu para estar fazendo isso. Você se lembra?

José balançou a cabeça positivamente.

— Ontem, quando conversávamos, eu ia te repreender porque você disse que encontrava conforto na bebida. Mas naquele exato momento, ouvi a voz maravilhosa do Espírito Santo me dizendo: "Mostre a ele o amor com ações, não apenas critique." Esse conselho me fez pensar sobre meu comportamento, e decidi te dar o melhor aniversário que você já teve. Suponho que consegui.

— Claro! Conseguiu! — José concordou.

— Agora, preciso te perguntar uma coisa. Você quer entregar sua vida a Jesus? Quer uma nova vida com Deus?

José fez uma expressão pensativa, gerando suspense em todos. Ele pegou o microfone e disse:

— Se entregar minha vida para Jesus significa ter muitas pessoas se preocupando comigo e demonstrando seu amor, minha resposta é sim! — disse com firmeza: — Quero fazer parte da família de Deus! Quero estar com Jesus todos os meus dias!

As pessoas gritaram muitas palavras de adoração.

— Glória a Deus!

— Aleluia!

— Deus é maravilhoso!

— José — disse Henrique, — feche os olhos e repita comigo uma oração.

José o fez e orou de todo o coração:

— Senhor Jesus, me arrependo dos meus pecados e te entrego a minha vida. Limpa-me. Creio que Jesus Cristo é o Filho de Deus. Que ele morreu na cruz pelos meus pecados e ressuscitou no terceiro dia para a minha vitória. Creio em meu coração e confesso com minha boca que Jesus é meu Senhor e Salvador. Recebo a vida eterna, em nome de Jesus. Amém.

Todos aplaudiram e gritaram mais palavras de adoração.

José continuou comemorando seu aniversário e seu novo começo. A certa altura, sentiu dores abdominais novamente, mas desta vez eram fortes. José estava sentado e passou a mão na barriga, tentando massageá-la.

Henrique se aproximou, notou sua expressão de dor e lhe perguntou:

— José, tudo bem?

— Pastor... — ele mal conseguiu responder, — tem algo de errado comigo. Sinto uma dor muito forte no abdômen.

José tossiu e levou a mão à boca; ele sentiu um gosto estranho e olhou para a palma da sua mão.

— Pastor — disse José, temeroso, — preciso de ajuda.

Ele mostrou a mão para Henrique e tinha sangue.

— Meu Deus! — Henrique ficou surpreso. — Vamos para o hospital.

Henrique pegou no braço de José para ajudá-lo a se levantar. Ele só conseguiu dar dois passos e caiu no chão, contorcendo-se de dor.

— Não posso continuar! — gritou.

Alguns homens se aproximaram e carregaram José até o carro de Henrique. Ele dirigiu o mais rápido que pode até o hospital. José continuou tossindo e expelindo sangue; sua camisa ficou manchada de vermelho.

Chegaram ao hospital e José foi levado às pressas para o atendimento. Henrique ficou na sala de espera, orando todo o tempo.

Depois de algumas horas, ele olhou para o relógio e viu que passava um pouco da meia-noite.

Uma médica chegou e disse:

— Quem está com o José?

— Estou com ele! — Ele disse enquanto se levantava. — Como ele tá?

— Sinto muito — ela respondeu com tristeza, — fizemos o nosso melhor, mas ele faleceu.

As palavras da médica reverberaram em sua mente: "Ele faleceu." Era impossível. Há poucas horas, José estava radiante como um homem nascido de novo, iluminado pela bênção de Deus e rodeado de amor. Ele riu, orou e cantou com alegria, não com dor.

— Meu Deus! É difícil de acreditar. Ontem foi tão especial. O que aconteceu com ele?

— Ele tinha vários tumores no fígado. Não sei como ele conseguia viver assim. Você sabe se ele estava se tratando?

— Suponho que ele nem sabia sobre os tumores.

— Como isso é possível? — a médica perguntou surpresa. —

Seu estado era crítico; provavelmente ele tinha alguns sintomas.

— A vida dele foi um pouco complicada — disse Henrique com tristeza, — ele lutava com o vício e a solidão.

— São duas coisas difíceis de lidar e podem consumir a qualquer um.

Eles continuaram conversando um pouco mais, depois, a médica se foi.

Henrique sentou-se, abaixou a cabeça e orou com tristeza:

— Senhor Deus, é difícil entender por que isso aconteceu. O José estava tão feliz ontem; ele entregou sua vida para o Senhor. E agora, tenho certeza de que ele está ao seu lado. O Senhor deu a ele uma nova vida, a vida eterna. Ele nunca mais sentirá dor ou tristeza; ele nunca sofrerá por nada. Tenho certeza de que tudo aconteceu de acordo com a vontade e o plano do Senhor. E seus planos são perfeitos.

No dia seguinte, o velório foi realizado na igreja. Todos que estavam na festa estavam lá. Ninguém acreditava que aquilo tivesse realmente acontecido. Parecia ilógico e incompreensível. José teve seu melhor e último dia de uma só vez.

Henrique subiu ao púlpito e disse com tristeza:

— Queridos irmãos e irmãs, hoje é um dia de choro e tristeza para nós. Porém, é um dia de alegria e felicidade no Céu. Deus recebeu um filho amado em seus braços. Este filho viveu como o filho pródigo, fora do caminho de Deus, mas pode encontrá-lo novamente. Perguntei a Deus por que ele fez isso. E através da sua palavra, Deus me respondeu. O Salmo trinta e quatro, versículo vinte e dois, diz: "O Senhor redime a vida dos seus servos; ninguém que nele se refugia será condenado." Acredito fielmente que Deus resgatou José. Deus deu um fim definitivo à sua triste história e o levou à felicidade eterna. Esta é a mesma esperança para todos nós que acreditamos em Deus. Que o último dia de José possa ser um exemplo para todos; uma amostra do que Deus pode fazer através de seus servos e para os seus servos. Proporcionamos a ele um dia memorável, fizemos a diferença em sua vida e trouxemos luz às trevas; cumprimos nossa missão como cristãos.

Henrique continuou com mais palavras encorajadoras. Em seguida, o cortejo fúnebre seguiu para o cemitério. José foi sepultado ao lado de sua família.

Após esses acontecimentos, a igreja de Henrique passou a se engajar mais no apoio ao bairro. Eles faziam o seu melhor para ajudar a todos em suas necessidades, independentemente da necessidade.

Por suas ações, a igreja tornou-se referência na cidade e era muito apreciada por todas as pessoas.

Deus está aqui?

— Esta é a vontade de Deus para o seu povo! — um homem gritou dramaticamente no púlpito de uma igreja evangélica.

Todas as pessoas aplaudiram seu discurso e muitos gritaram palavras de adoração. E estes não eram os gritos habituais ouvidos nas igrejas; eram extremamente dramáticos e quase teatrais.

A maioria das pessoas gritava histericamente e, além dos gritos, moviam-se incontrolavelmente, tremiam, caíam no chão e giravam com os braços abertos. Aquele culto era uma bagunça; ninguém conseguia entender o que estava acontecendo. E quanto mais as pessoas ficavam confusas, mais o homem no púlpito exclamava dramaticamente.

Em meio a todo esse culto peculiar, uma mulher estava sentada em uma cadeira acolchoada, observando tudo. Esta jovem observava e estava confusa.

"Deus, isso está certo?" — Ela pensou. "Isto é um culto a Deus? O que está acontecendo aqui?"

Abaixou a cabeça, suspirou e orou de todo o coração:

— Senhor, há algo de errado comigo? Por que não consigo sentir e agir como todo mundo?

Fernanda tinha muitas dúvidas sobre sua fé e a ação de Deus

em sua vida. Ela se sentia como um peixe fora d'água e não era a primeira vez que se sentia assim. Ela tinha um conflito interno de longo prazo.

Anos atrás, Fernanda foi apresentada ao protestantismo. Ela cresceu em uma família católica e tudo o que sabia sobre religião veio de seus primeiros anos, infância e adolescência.

Ela participou de vários sacramentos católicos, como batismo, eucaristia e crisma. Fernanda procurou manter-se fiel até a adolescência. Neste momento, era a única da sua casa preocupada com a religião; seus pais haviam abandonado a fé. No entanto, eles nunca admitiram isso. Continuavam dizendo a todos que eram católicos, continuavam com o terço no retrovisor e uma Bíblia Sagrada aberta no salmo vinte e três sobre um móvel da sala.

Fernanda tentou incentivá-los a ir à igreja, mas eles sempre recusaram, dizendo:

— O mais importante é a minha fé. Não precisamos ir a um lugar para rezar. Deus está em todo lugar.

Pouco a pouco, as desculpas a desanimaram e ela não insistiu mais.

Depois que Fernanda começou no primeiro emprego, ela não conseguiu conciliar sua agenda. Muitas vezes ela trabalhava na hora da missa ou estava cansada demais para ir.

Gradualmente, Fernanda se afastou da Igreja Católica.

Mesmo com o distanciamento, ela não abandonou a fé; continuou acreditando e orando a Deus. Lia a Bíblia e fazia o seu melhor para manter a fé cristã.

Com vinte e poucos anos, Fernanda namorou um jovem protestante. Ele a apresentou à fé novamente. Ela começou a frequentar sua igreja e aprendeu coisas novas sobre Deus, Jesus Cristo, o Espírito Santo, etc.

Depois de vários meses, ela decidiu batizar-se e começar uma nova vida de fé. Naquele momento, Fernanda sentiu que precisava estar novamente perto de Deus; ela não queria seguir sozinha em seu caminho.

Infelizmente, seu namoro não durou e ela se afastou daquela comunidade. Mais uma vez, Fernanda continuou fiel a Deus, orando, lendo a Bíblia, obedecendo aos mandamentos e princípios de Deus e fazendo o seu melhor como cristã.

Frequentemente visitava algumas igrejas, grandes, pequenas, famosas e desconhecidas, mas não se tornou membro de nenhuma delas.

Por fim, nem Fernanda sabia o que buscava, então, não podia se decidir.

Depois de um longo dia de trabalho, Fernanda caminhava por uma rua próxima à sua casa e ouviu uma música cristã tocando. Esta era um pouco diferente do que ela estava acostumada a ouvir. Era uma música animada e todas as pessoas na igreja pareciam estar cantando.

— Parece interessante — disse ela.

Fernanda seguiu a música e descobriu onde ficava a igreja. Não era um edifício clássico; era um grande portão de metal com uma rampa interna para acessar o salão.

Ela leu o nome na placa, sorriu e disse:

— Ministério Intercontinental Tempo de Frutificação. É um nome muito peculiar.

Ela também leu o horário dos cultos e olhou o relógio do celular.

— Acho que o culto está quase terminando. Vou visitar este lugar outro dia.

Fernanda voltou para casa pensando na igreja e no seu culto. Dias depois, ela visitou-a em um domingo, seu culto principal.

Foi recebida por um casal gentil e sorridente.

— Boa noite! — Eles a cumprimentaram calorosamente.

Fernanda sorriu e respondeu:

— Boa noite.

A mulher lhe deu um abraço apertado e disse:

— Bem-vinda à nossa igreja! — A mulher continuou com o mesmo tom. — Estamos muito felizes por ter você aqui.

— Obrigada — respondeu Fernanda.

O homem cumprimentou-a com um aperto de mão e disse com entusiasmo:

— Tenho certeza de que viverá um momento incrível e abençoado.

— Amém! — respondeu como eles, pois estava contagiada com sua energia.

— É sua primeira vez aqui? — perguntou a mulher.

— Sim.

— Vou te mostrar tudo.

— Obrigada.

Fernanda ficou impressionada com sua disposição; era a primeira vez que tinha esse tipo de tratamento.

A mulher acompanhou Fernanda pela igreja; era um edifício retangular comum, com paredes brancas e fileiras de cadeiras acolchoadas. O altar era um retângulo elevado, com três degraus, com um púlpito de vidro transparente; os músicos e seus instrumentos também ficavam ali; havia um amplo espaço entre o altar e a primeira fila de cadeiras.

Fernanda foi levada até um casal de meia-idade em trajes formais, e a recepcionista disse entusiasmada:

— Estes são os nossos apóstolos abençoados, Paulo e Paula. Eles fundaram este ministério.

"Apóstolos?" — Fernanda pensou surpresa e confusa. "Não deveriam ser pastores?"

— Bem-vinda à nossa família abençoada! — Paulo e Paula disseram entusiasmados.

— Obrigada — respondeu Fernanda.

— Esta igreja é a sua casa. Fique à vontade! — Paulo continuou.

— Temos um lugar especial para você — disse Paula.

Levaram Fernanda para uma cadeira na primeira fila, e ela ficou constrangida por ter sido colocada em uma posição tão elevada.

— Não se preocupem comigo. Posso me sentar em qualquer lugar!

— Você é uma visitante muito especial. Você merece — disse Paula.

— Tudo bem.

Sentou-se e os apóstolos e a recepcionista retornaram às suas posições.

Depois de alguns minutos, o culto começou como outros que ela havia frequentado. Alguém leu um texto bíblico e orou. Então, os músicos começaram. Todas as músicas eram animadas. Durante cada música, duas ou três garotas dançavam perto do altar. Vestiam camisas brancas de mangas compridas e calças de cetim, e uma linda saia colorida. Elas dançavam livremente, conforme a batida e a letra da música.

Fernanda desfrutou do momento de louvor; ela cantou e louvou a Deus de todo o coração.

Terminaram os louvores, e o apóstolo Paulo subiu ao púlpito; ele cumprimentou as pessoas com entusiasmo:

— A graça de Deus esteja com todos vocês!

— Amém! — responderam.

— Hoje temos pessoas especiais entre nós, os visitantes. Por favor, levantem-se, Fernanda, Leonardo, Tamires, Ricardo e Luana.

Fernanda e os demais visitantes se levantaram.

— O que dizemos a eles? — perguntou o apóstolo.

Todas as pessoas responderam com entusiasmo:

— Vocês são bem-vindos em nossa igreja e em nossos corações. Estamos muito felizes com a sua visita, e Deus está ainda mais feliz. Nós te amamos!

Aplaudiram e toda a igreja foi cumprimentá-los com abraços e apertos de mão.

"Eles são tão amáveis." — Fernanda pensou.

A reunião continuou com a pregação; Paulo falou sobre o compromisso com Deus e sua obra. Ele destacou a importância de trabalhar para Deus e seu reino.

Após terminar sua pregação, Paulo chamou as pessoas que queriam renovar seu compromisso com Deus para se aproximarem do altar. Muitas pessoas foram até lá e ele orou por elas.

A pregação foi muito impactante. — Fernanda pensou.

Paulo chamou Paula e ela encerrou a cerimônia com palavras de bênção para as pessoas.

A recepcionista aproximou-se de Fernanda e lhe entregou um cartão com informações sobre a igreja, horários dos cultos, telefones dos apóstolos e obreiros, entre outras informações.

— Se precisar de alguma coisa, pode nos ligar — disse a mulher, gentilmente.

— Vocês são tão atenciosos — respondeu Fernanda, encantada.

— Esta é a nossa missão como cristãos, apoiar uns aos outros — respondeu a mulher com confiança.

Estas palavras tocaram o coração de Fernanda. Mesmo sendo sua primeira vez ali, ela se sentiu acolhida por aquela igreja e parte daquela comunidade. Esse sentimento a fez decidir visitá-los novamente.

Fernanda foi recebida como da primeira vez e sentou-se novamente na primeira fila. Desta vez, as coisas saíram do roteiro. Enquanto a música tocava, Paulo subiu ao púlpito e começou a falar palavras ininteligíveis, acendendo uma faísca de euforia na igreja. Várias pessoas começaram a falar palavras ininteligíveis. E muitos deles estavam quase gritando; isso iniciou uma pequena confusão no ambiente.

"Isto é estranho." — Fernanda pensou. "Já ouvi que o Espírito Santo se manifesta de muitas maneiras, mas tudo deve ser feito com ordem e decência."

A bagunça continuou um pouco mais. As pessoas caíam de costas no chão e os assistentes seguravam as quedas para que não caíssem violentamente e as cobriam com lençóis de linho.

Foi a primeira vez que Fernanda viu tal espetáculo; ela acreditava que tudo estava acontecendo devido à presença do Espírito Santo.

Fernanda assistia o mesmo espetáculo em todas as reuniões e se acostumou; ela havia se convencido de que o Espírito Santo podia agir de muitas maneiras; isso era suficiente para ela.

Em um culto, Fernanda chegou perto do altar após o chamado de Paulo, esperando ser tocada pelo Espírito Santo, falar palavras ininteligíveis e cair no chão. Porém, desta vez, nada aconteceu.

"Suponho que este não seja o momento certo para mim." — Ela pensou.

Fernanda sempre repetia essa ação e nada acontecia. Ela

sentia que não era digna de receber o mesmo dom que todos os outros. No entanto, ela não desistiu de consegui-lo.

Ela se tornou membro oficial da igreja e teve contato próximo com os apóstolos e sua família. Todos os membros os reverenciavam como os ungidos de Deus; ninguém podia discordar de suas ideias ou ordens. As pessoas os tratavam como vice-deuses, fornecendo tudo o que precisassem na igreja e em suas vidas pessoais. Este comportamento pareceu estranho para Fernanda, mas ela agiu como todo mundo porque respeitava os apóstolos como autoridades espirituais.

Meses depois, a cidade onde Fernanda morava vivia uma grave epidemia de dengue; muitos membros da igreja foram afetados. Em todos os cultos, eles oravam a Deus e alertavam sobre o que as pessoas poderiam fazer para prevenir a doença.

A epidemia intensificou-se e a igreja continuou os seus esforços para apoiar os membros. Fernanda considerou polêmico um destes esforços.

Em um culto, Paulo e Paula estavam no púlpito e ele disse com confiança:

— Irmãos e irmãs, Deus providenciou uma solução para esta terrível epidemia de dengue.

Algumas pessoas gritaram palavras de louvor.

— Aleluia!

— Glória a Deus!

Paulo continuou com entusiasmo:

— Os assistentes vão dar a vocês uma garrafa de água. Mas esta não é água normal. Esta água foi ungida. Minha esposa e eu fomos até o monte e oramos fervorosamente a Deus, e ele mostrou que deveríamos fazer isso. Ungimos e consagramos a água com azeite puro de Israel e agora é a água da cura. Pegue uma garrafa e veja o milagre em sua casa.

As pessoas gritaram mais palavras de louvor.

"Meu Deus!" — Fernanda pensou incrédula. "O que é isso? Água ungida e consagrada? Estamos em uma Igreja Católica?"

Fernanda duvidava que a proposta fosse correta e de acordo com a orientação de Deus.

Mas as pessoas se deleitaram com isso; houve outro espetáculo de palavras ininteligíveis e pessoas caindo no chão. Quanto mais a confusão crescia, mais os apóstolos encorajavam as pessoas a permitirem que o Espírito Santo agisse.

Todo o panorama daquele culto era desagradável para Fernanda; ela não conseguia sentir nem ver a presença de Deus ali. Tudo parecia ser dirigido pelos apóstolos, e as pessoas agiam como se estivessem em transe.

Essa foi a primeira vez que Fernanda ficou chateada com a igreja; no entanto, não foi a única.

Em outro culto, havia um músico convidado que tocava saxofone. Ele tocou magnificamente, chegando ao coração de todas as pessoas com suas notas. Neste dia, havia muitos visitantes na igreja.

Após sua pregação, Paulo disse:

— Convido todas as pessoas que desejam receber algo novo de Deus para se aproximarem do altar.

Praticamente toda a igreja se aproximou. Os assistentes moveram as cadeiras para liberar mais espaço para todos.

— Agora, fechem os olhos — disse Paulo. — Nosso irmão tocará uma música abençoada em seu saxofone, e eu orarei para que o sobrenatural venha sobre nós esta noite.

O homem tocou e Paulo orou. As pessoas reagiram instantaneamente, gritando palavras ininteligíveis e caindo no chão.

Em certo ponto, o músico desceu do altar e tocou em frente às pessoas; ele fazia isso até a pessoa cair.

Fernanda observou aquela cena com espanto e pensou:

"Não acredito no que estou vendo! Ele está tocando como um encantador de serpentes. Seu saxofone encanta as pessoas e as faz reagir. Com certeza, isso não é o Espírito Santo."

Outra vez, a reunião se transformou em uma desordem. Aqueles que a vissem pensariam que qualquer coisa poderia estar acontecendo ali, exceto uma cerimônia cristã.

"Deus, isso está certo?" — Ela pensou. "Isto é um culto a Deus? O que está acontecendo aqui?"

Fernanda orou e refletiu sobre o que estava acontecendo. Mais uma vez ela duvidou da ação do Espírito Santo naquele lugar.

Fernanda chegou em casa e pesquisou na internet sobre manifestações do Espírito Santo, falas ininteligíveis e pessoas caindo. Ela encontrou um mundo de informação, pessoas dizendo que tudo era sinal da presença de Deus. E outros diziam que tudo eram apenas invenções humanas para fazer um circo em vez de um culto. Ela ficou confusa com as múltiplas respostas; no entanto, ela estava inclinada a acreditar que Deus estava longe desses acontecimentos.

Ela se ajoelhou e orou de todo o coração:

— Senhor, não sei o que pensar sobre a igreja. — Suspirou. — Eles cantam, oram, louvam e pregam. E tudo parece real e de acordo com a sua palavra. Mas ultimamente não tenho certeza da sua presença em tudo o que fazem. Muitas coisas parecem apenas encenação e não realidade. Não posso continuar indo para um lugar onde duvido de tudo. Senhor, tem misericórdia de mim e mostre-me a verdade.

Ela fez mais pesquisas e orou um pouco mais; Fernanda

tentou entender o que ela estava vivenciando na igreja.

O final do ano estava próximo e a igreja teve cultos focados neste assunto. Os apóstolos falaram sobre mudanças e novas oportunidades no próximo ano. Suas palavras fizeram sentido para todos porque os fizeram refletir sobre o que poderiam fazer de diferente para que seus sonhos se tornassem realidade. Paulo e Paula encorajaram todas as pessoas a fortalecerem a sua fé, trabalharem arduamente e nunca perderem a esperança.

Depois de cada pregação, Fernanda pensava:

"Esse é o tipo de mensagem que precisamos ouvir. Precisamos lembrar onde está nossa esperança, em Deus."

No penúltimo culto do ano, Paula disse dramaticamente:

— Povo abençoado pelo Senhor. Deus mostrou a mim e ao meu marido um novo propósito para o próximo ano, um propósito vitorioso.

As pessoas aplaudiram e gritaram palavras de louvor.

"A última vez que ouvi algo assim, as pessoas receberam uma garrafa de água benta. O que virá agora?" — Fernanda pensou.

— Deus nos mostrou que seu povo deve ser ousado e acreditar em suas promessas de bênçãos. — Paula continuou no mesmo tom dramático. — O povo de Deus deve se sacrificar e confiar nele.

"Sei o que vai acontecer..." — Fernanda pensou, desanimada.

— O próximo ano é dois mil e vinte e quatro, e este ano será especial. Um ano cheio de bênçãos, conquistas, sonhos se tornando realidade e todas as coisas boas que vocês nunca imaginaram.

Todas as pessoas ouviam atentamente como se estivessem ouvindo Jesus Cristo.

Fernanda não parava de pensar:

"Sim, o próximo ano pode ser tudo isso e muito mais. Depende apenas da bênção de Deus e do nosso trabalho duro."

— Para que todas essas coisas boas aconteçam, há um preço, quero dizer, há uma chave.

"Ela nem consegue disfarçar suas intenções."

— A chave é um desafio financeiro de dois mil e vinte e quatro reais.

"Ela é louca? A maioria das pessoas aqui ganha pouco mais que um salário mínimo, e ela está pedindo um salário e meio."

Todos ficaram apreensivos com o valor e Paula percebeu suas preocupações.

— Ninguém aqui precisa se preocupar com esse dinheiro. — Paula tentou convencê-los. — Será um investimento no Reino de Deus. Você desbloqueará todas as bênçãos no Reino dos Céus.

Lembre-se da palavra do Senhor: "aquele que semeia pouco, também colherá pouco, e aquele que semeia com fartura, também colherá fartamente."

"Mas você esquece a continuação do texto: 'Cada um dê conforme determinou em seu coração, não com pesar ou por obrigação, pois Deus ama quem dá com alegria.' Neste caso, as pessoas estão sob pressão e quase sendo extorquidas para dar."

— Aqueles que ousam acreditar e sacrificar a Deus venham ao altar.

Poucas pessoas foram até lá e Paulo disse com segurança:

— Sei que é difícil aceitar tal desafio, mas é necessário para receber as bênçãos de Deus. Para facilitar para todos, tenho uma máquina de cartão. Você pode ofertar com seu cartão de crédito e parcelar em três vezes sem juros. Estou fazendo isso para que você não perca seu futuro por causa de uma mixaria.

Mais pessoas foram ao altar após as explicações de Paulo.

"O quê? Ele está incentivando as pessoas a se endividarem? Isso é demais para mim!"

A proposta de Paulo era inacreditável, inaceitável, surpreendente e fora da realidade. Fernanda nunca imaginou que ouviria tamanho absurdo em sua vida cristã. Ela abaixou a cabeça e parou de ouvi-los; seus ouvidos ficaram fechados durante o resto do culto. Ela apenas ouviu algum barulho ao invés das palavras dos apóstolos.

O coração de Fernanda estava repleto de dúvidas sobre a ação de Deus naquela igreja. E, além disso, ela se questionou:

"Por que o Senhor permite tal coisa? Por que as pessoas enganam os outros assim?"

Dias depois aconteceu o culto de Ano Novo e Fernanda participou porque tinha algumas responsabilidades.

Aquela noite foi como todas as outras que Fernanda frequentou: cantos, pregação, gritos de palavras ininteligíveis, pessoas caindo no chão, girando de braços abertos, etc. Fernanda observava tudo com atenção.

Depois de alguns minutos de observação, ela pensou:

"Tinha dúvidas se Deus estava aqui, mas depois de hoje, tenho certeza de que Deus não está aqui."

Era quase meia-noite e Paulo disse:

— Levante-se, povo abençoado!

Todas as pessoas que caíram no chão levantaram-se quase instantaneamente.

Ele continuou:

— O Ano Novo está muito próximo e este é um momento de mudança. É o momento de começar coisas novas nesta igreja. Uma delas começará agora mesmo.

As luzes foram apagadas e uma música alta de corneta

começou.

— A presença de Deus está entre nós! — Paulo gritou.

As luzes foram acesas e alguns assistentes entraram no salão usando vestes sacerdotais judaicas e carregando uma réplica da Arca da Aliança. Eles fizeram tudo conforme descrito no Antigo Testamento.

“Somos judeus ou cristãos?” — Fernanda pensou. “O que virá agora? O candelabro de ouro? Ou um altar para sacrificar animais?”

Ela estava perturbada com aquela mistura de crenças.

Os assistentes colocaram a arca sobre uma mesa no altar e Paulo disse:

— Quando vocês quiserem receber mais de Deus, podem tocar na Arca Sagrada e Deus virá sobre vocês. Quero ver uma fila de pessoas sedentas para receber algo de Deus.

As pessoas rapidamente formaram uma fila. Todos estavam ansiosos para tocar a arca e serem abençoados.

Fernanda levantou-se e encarou a arca. Ela queria ir ao altar e expor o pecado dos apóstolos; eles estavam levando as pessoas à idolatria. O poder estava naquele objeto, e não no Deus que criou todas as coisas. Seu desejo evaporou quando ela notou os rostos das pessoas; agiam como urubus famintos quando encontram uma carcaça.

Fernanda simplesmente foi embora sob olhares de reprovação. Ela chegou em casa, ajoelhou-se e orou com lágrimas:

— Por que o Senhor permite esse tipo de espetáculo? Por que as pessoas enganam outras pessoas dessa maneira? O Senhor não pune os pecadores?

Ela ficou muito decepcionada com o que estava acontecendo naquela igreja. Para ela, tudo estava errado, e Deus não estava fazendo nada para impedir aquela blasfêmia.

Dias depois, pessoas da igreja ligaram e procuraram Fernanda, mas ela se recusou a atender. Ela estava chateada e não queria falar com ninguém sobre a igreja ou assuntos religiosos. Era como se ela tivesse fechado o coração para essas questões. Ela havia desistido de frequentar qualquer igreja; sua mente dizia que todas as igrejas estariam longe de Deus e nenhuma poderia ajudá-la.

A desilusão religiosa de Fernanda afetou-a profundamente; ela não apenas parou de ir à igreja. Ela reduziu suas orações e leitura bíblica. O que era parte essencial de sua vida tornou-se algo de menor importância.

Às vezes, ela passava perto de alguma igreja e desejava voltar a fazer parte de uma comunidade; no entanto, sua experiência anterior jogava areia em seus sonhos.

"Aposto que esta igreja está cheia de erros. Todas elas têm."
— Ela sempre pensava.

Estes sentimentos negativos estavam enraizados no coração de Fernanda de tal forma que ela não se lembrava mais de Deus; sua vida espiritual estava morta e enterrada.

Meses depois, Fernanda estava relaxada no sofá de sua casa, assistindo a vídeos engraçados no YouTube. De repente, um vídeo sobre religião começou.

Um homem de meia-idade disse sério:

— Povo de Deus, estou aqui hoje para contar meu testemunho de fé. Eu era membro de uma igreja e vi muitas coisas estranhas, como a bagunça no culto, pessoas caindo no chão, gritando palavras ininteligíveis, adoração de objetos e outras coisas que eu discordava e que não pareciam apropriadas para uma igreja cristã.

"Ele é como eu." — Fernanda pensou.

— Durante meu tempo nesta igreja, me perguntei se havia algo errado comigo. Perguntei a Deus por que não conseguia sentir e agir como todo mundo. Essas dúvidas estavam me consumindo.

"A história dele está ficando interessante."

— E como todo mundo, procurei explicações na internet sobre o que estava vivendo na igreja. Se você já fez isso, sabe que as respostas geram mais perguntas. — Ele sorriu. — Então, o que podemos fazer? Sair da igreja? Sair da presença de Deus? Se tornar ateu?

"Acho que estou quase me tornando ateia."

— Não! Precisamos estudar a palavra de Deus e lhe pedir as respostas. Sei que isso parece difícil e inacreditável, mas se você perguntar de todo o coração, ele responderá. Deus te mostrará a verdade. Lamento desapontá-lo, mas é improvável que Deus te dê uma visão do céu com anjos ou um sonho com Jesus falando com você. É muito provável que ele use uma Bíblia e alguém para conversar com você. Neste ponto, você deve estar aberto à voz de Deus.

"Esta é a parte mais difícil da fé." — Fernanda pensou, desanimada.

— Depois de muitas pesquisas, decidi me dedicar ao estudo da palavra de Deus. Estabeleci um horário para estudar todos os dias. Antes de estudar, orava e clamava pela ajuda de Deus. Implorava para que ele abrisse minha mente e falasse comigo; este foi o primeiro passo. Depois, pesquisei sobre tudo que tinha dúvidas. Não pesquisei se algo estava certo ou errado; pesquisei sobre o assunto. Por exemplo, pesquisei sobre pessoas que caíam no chão durante os cultos. Encontrei citações bíblicas concordando e discordando.

"Como sair desse impasse?"

— Para decidir se essa prática era certa ou errada, tive que ler todo o texto bíblico, não apenas os versículos. Quando fiz isso, consegui a resposta. Uma leitura completa mostra o quadro completo dos acontecimentos bíblicos, e você pode concluir por si mesmo se algo está certo ou não. É um trabalho árduo porque você precisa ler muitos textos diversas vezes, fazer anotações, estudar o que leu e orar incessantemente. Só assim, você terá a resposta para sua dúvida.

— Para a primeira questão, pessoas caindo no chão, concluí que não há respaldo bíblico para esta prática. As situações na Bíblia onde as pessoas caíram eram muito diferentes das que vemos hoje. A primeira diferença é a posição; na Bíblia, as pessoas caíram com o rosto no chão, ou seja, se prostraram em reverência e estavam conscientes do que estava acontecendo. Nenhum deles estava em transe.

— Vamos ler alguns exemplos que apoiam esta conclusão. Gênesis dezenove, versículos um e dois: "Os dois anjos chegaram a Sodoma ao anoitecer, e Ló estava sentado à porta da cidade. Quando os avistou, levantou-se e foi recebê-los. Prostrou-se, rosto em terra, e disse: "Meus senhores, por favor, acompanhem-me à casa do seu servo. Lá poderão lavar os pés, passar a noite e, pela manhã, seguir caminho."

— Primeira Reis dezoito, versículos trinta e oito e trinta e
nove: "Então o fogo do Senhor caiu e queimou completamente o
holocausto, a lenha, as pedras e o chão, e também secou
totalmente a água na valeta. Quando o povo viu isso, todos
caíram prostrados e gritaram: "O Senhor é Deus! O Senhor é
Deus!""

— Ezequiel capítulo um, do versículo vinte e seis até o
capítulo dois, versículo dois: "Acima da abóbada sobre as suas
cabeças havia o que parecia um trono de safira e, bem no alto,
sobre o trono, havia uma figura que parecia um homem. Vi que
a parte de cima do que parecia ser a cintura dele, parecia metal
brilhante, como que cheia de fogo, e a parte de baixo parecia
fogo; e uma luz brilhante o cercava. Tal como a aparência do
arco-íris nas nuvens de um dia chuvoso, assim era o resplendor
ao seu redor. Essa era a aparência da figura da glória do Senhor.
Quando a vi, prostrei-me, rosto em terra, e ouvi a voz de alguém
falando. Ele me disse: "Filho do homem, fique em pé, pois eu
vou falar com você". Enquanto ele falava, o Espírito entrou em
mim e me pôs em pé, e ouvi aquele que me falava."

— Notou que todas as pessoas caíram voluntariamente,
demonstrando reverência a Deus e seus enviados. Na visão de
Ezequiel, o anjo disse-lhe para se levantar. Podemos concluir
que quando Deus age, as pessoas estão em perfeito juízo e

expressam seu temor diante da sua presença. Te pergunto: o que acontece em algumas igrejas demonstra alguma reverência ou temor a Deus?

"Não, eles transformaram a igreja em um circo."

— Meu próximo ponto: falar palavras ininteligíveis. Este é um assunto controverso ao longo da história cristã. Sua origem está relatada em Atos, capítulo dois, versículos um ao treze: "Chegando o dia de Pentecoste, estavam todos reunidos num só lugar. De repente veio do céu um som, como de um vento muito forte, e encheu toda a casa na qual estavam assentados. E viram o que parecia línguas de fogo, que se separaram e pousaram sobre cada um deles. Todos ficaram cheios do Espírito Santo e começaram a falar noutras línguas, conforme o Espírito os capacitava. Havia em Jerusalém judeus, tementes a Deus, vindos de todas as nações do mundo. Ouvindo-se o som, ajuntou-se uma multidão que ficou perplexa, pois cada um os ouvia falar em sua própria língua. Atônitos e maravilhados, eles perguntavam: "Acaso não são galileus todos estes homens que estão falando? Então, como os ouvimos, cada um de nós, em nossa própria língua materna? Partos, medos e elamitas; habitantes da Mesopotâmia, Judéia e Capadócia, do Ponto e da província da Ásia, Frígia e Panfília, Egito e das partes da Líbia próximas a Cirene; visitantes vindos de Roma, tanto judeus como convertidos ao judaísmo; cretenses e árabes. Nós os ouvimos declarar as maravilhas de Deus em nossa própria língua!" Atônitos e perplexos, todos perguntavam uns aos outros: "Que significa isto?" Alguns, todavia, zombavam deles e diziam: "Eles beberam vinho demais."""

"Lendo este texto fica fácil de entender."

— Suponho que você tenha notado que o texto é muito claro. Os apóstolos começaram a falar em outras línguas, línguas estrangeiras, dirigidos pelo Espírito Santo. Não havia palavras ininteligíveis; cada estrangeiro podia entender em sua própria língua.

— Há uma explicação completa sobre falar em línguas em primeira Coríntios, capítulo quatorze. Dos versículos um a cinco, Paulo diz que o dom de profecia é superior ao de falar em línguas e também fala sobre a necessidade de um intérprete: "Sigam o caminho do amor e busquem com dedicação os dons espirituais, principalmente o dom de profecia. Pois quem fala em uma língua não fala aos homens, mas a Deus. De fato, ninguém o entende; em espírito fala mistérios. Mas quem profetiza o faz para edificação, encorajamento e consolação dos homens. Quem fala em língua a si mesmo se edifica, mas quem profetiza edifica a igreja. Gostaria que todos vocês falassem em línguas, mas prefiro que profetizem. Quem profetiza é maior do que aquele que fala em línguas, a não ser que as interprete, para que a igreja seja edificada."

— Nos versículos seis a doze, ele diz que todos os tipos de sons, línguas ou instrumentos musicais, têm algum significado. E sem saber o significado, ninguém pode concordar com o que é dito. "Agora, irmãos, se eu for visitá-los e falar em línguas, em que lhes serei útil, a não ser que lhes leve alguma revelação, ou conhecimento, ou profecia, ou doutrina? Até no caso de coisas inanimadas que produzem sons, tais como a flauta ou a cítara, como alguém reconhecerá o que está sendo tocado, se os sons não forem distintos? Além disso, se a trombeta não emitir um som claro, quem se preparará para a batalha? Assim acontece com vocês. Se não proferirem palavras compreensíveis com a língua, como alguém saberá o que está sendo dito? Vocês estarão simplesmente falando ao ar. Sem dúvida, há diversos idiomas no mundo; todavia, nenhum deles é sem sentido. Portanto, se eu não entender o significado do que alguém está falando, serei estrangeiro para quem fala, e ele, estrangeiro para mim. Assim acontece com vocês. Visto que estão ansiosos por terem dons espirituais procurem crescer naqueles que trazem a edificação para a igreja."

—Nos versículos treze a dezessete, Paulo diz que aquele que ora em língua deve orar pela interpretação para que as pessoas possam entender suas palavras. "Por isso, quem fala em uma língua, ore para que a possa interpretar. Pois, se oro em uma língua, meu espírito ora, mas a minha mente fica infrutífera. Então, que farei? Orarei com o espírito, mas também orarei com o entendimento; cantarei com o espírito, mas também cantarei com o entendimento. Se você estiver louvando a Deus em espírito, como poderá aquele que está entre os não instruídos dizer o "Amém" à sua ação de graças, visto que não sabe o que você está dizendo? Pode ser que você esteja dando graças muito bem, mas o outro não é edificado."

— Nos versículos dezoito e dezenove, Paulo afirma que fala muitas línguas, mas é melhor falar palavras inteligíveis. "Dou graças a Deus por falar em línguas mais do que todos vocês. Todavia, na igreja prefiro falar cinco palavras compreensíveis para instruir os outros a falar dez mil palavras em uma língua."

— Nos versículos vinte a vinte e cinco, o apóstolo diz que muitas pessoas falando em línguas ao mesmo tempo podem ser mal interpretadas pelos incrédulos, e essas pessoas podem ser convertidas através da profecia. "Irmãos, deixem de pensar como crianças. Com respeito ao mal, sejam crianças; mas, quanto ao modo de pensar, sejam adultos. Pois está escrito na Lei: "Por meio de homens de outras línguas e por meio de lábios de estrangeiros falarei a este povo, mas, mesmo assim, eles não me ouvirão", diz o Senhor. Portanto, as línguas são um sinal para os descrentes, e não para os que creem; a profecia, porém, é para os que creem, não para os descrentes. Assim, se toda a igreja se reunir e todos falarem em línguas, e entrarem alguns não instruídos ou descrentes, não dirão que vocês estão loucos? Mas se entrar algum descrente ou não instruído quando todos estiverem profetizando, ele por todos será convencido de que é pecador e por todos será julgado, e os segredos do seu coração serão expostos. Assim, ele se prostrará, rosto em terra, e adorará a Deus, exclamando: "Deus realmente está entre vocês!""

"A bagunça na igreja confunde até os crentes."

— Finalizando suas explicações, dos versículos vinte e seis a trinta e três, Paulo aconselha as pessoas a terem ordem na igreja durante as reuniões. "Portanto, que diremos, irmãos? Quando vocês se reúnem, cada um de vocês tem um salmo, ou uma palavra de instrução, uma revelação, uma palavra em uma língua ou uma interpretação. Tudo seja feito para a edificação da igreja. Se, porém, alguém falar em língua, devem falar dois, no máximo três, e alguém deve interpretar. Se não houver intérprete, fique calado na igreja, falando consigo mesmo e com Deus. Tratando-se de profetas, falem dois ou três, e os outros julguem cuidadosamente o que foi dito. Se vier uma revelação a alguém que está sentado, cale-se o primeiro. Pois vocês todos podem profetizar, cada um por sua vez, de forma que todos sejam instruídos e encorajados. O espírito dos profetas está sujeito aos profetas. Pois Deus não é Deus de desordem, mas de paz."

— Mais uma vez, ele mencionou a necessidade de um intérprete de línguas e limitou o número de falantes: dois ou três. Isto é crucial para entender que o que acontece nas igrejas está longe da Bíblia. Você viu que todos os textos são diretos e de fácil compreensão; não há espaço para mais interpretações.

— Meu Deus! — disse Fernanda. — Por que as pessoas distorcem sua palavra dessa maneira? Por que ignoram o óbvio e inventam tantas coisas?

— O último ponto — disse o homem, — adoração de objetos. Não sei por que as pessoas ainda fazem isso. A idolatria é um pecado categoricamente condenado na Bíblia. Pense nisso: a palavra de Deus fala disso como pecado aproximadamente duzentas e cinquenta vezes. Mesmo com tanta condenação, as pessoas insistem em adorar objetos. Um dos mais comuns é a arca. Algumas igrejas possuem grandes arcas em espaços destacados, ocupando o lugar de Deus no culto. Alguns pastores até incentivam as pessoas a tocarem-na para serem abençoadas.

"Aquela igreja."

— É tão sem sentido fazer uma coisa dessas! No Antigo Testamento, a arca era extremamente sagrada; nem mesmo os sacerdotes podiam tocá-la. Em segunda Samuel, capítulo seis, temos a história de um homem que morreu após tocar na arca durante seu transporte.

— Se alguém se declara cristão, não precisa de nada que represente Deus e seu poder. Ele está em toda parte e age através de tudo. Não se engane.

— Nunca acreditei em nada disso — disse Fernanda com segurança.

O homem continuou gentilmente:

— Meu conselho para você que lidou ou está lidando com alguma destas situações é não abandonar sua fé em Deus. Não deixe que as pessoas afetem seu relacionamento com Deus. Ele te ama e quer estar junto com você. Ele é perfeito em tudo que faz, mas Deus não administra as igrejas; é uma tarefa do ser humano, e todos nós somos imperfeitos e sujeitos a cometer erros. Se você suspeita de algum erro na sua igreja, converse com os pastores e explique o que estão fazendo de errado com base na Bíblia. Se eles aceitarem suas palavras, você os terá conduzido ao caminho certo novamente; se não aceitarem, será algo entre eles e Deus. Você terá feito sua parte. Então, saia dessa igreja, continue acreditando em Deus e faça o seu melhor todos os dias. E quando sentir que está pronto, procure outra igreja porque é bom fazer parte de uma comunidade. Abra seu coração para novas pessoas;

tenho certeza de que Deus o levará a um bom lugar. Deus abençoe o seu caminho!

Fernanda suspirou e orou humildemente:

— Deus, obrigada por colocar este vídeo no meu caminho. Entendi que não estou sozinha nessa busca pela sua verdade. Senhor, preciso de ajuda para continuar minha jornada. Preciso de um bom lugar com boas pessoas. Pessoas que estão comprometidas com a sua palavra e não com todo tipo de invenções. Senhor, me leve a uma boa igreja.

As palavras do vídeo foram acolhidas no coração de Fernanda como a terra seca que recebe água. Ela refletiu sobre tudo o que havia vivido e tudo o que queria viver. Seu primeiro passo foi reavivar sua vida espiritual, aproximando-se de Deus por meio da oração e do estudo da Bíblia. Fernanda se comprometeu a separar um momento do seu dia para buscar a Deus. E, além disso, ela iria procurar uma boa igreja, fiel à Bíblia, para se tornar membro.

Fernanda não sabia se sua busca demoraria uma semana, um mês, um ano ou uma década. Porém, ela sabia que Deus direcionaria seus passos para o melhor lugar.

O algoritmo da fé

A Inteligência Artificial desenvolveu-se rapidamente ao longo do século XXI. Numerosas tecnologias inovadoras foram introduzidas nas tarefas humanas. As ferramentas de IA sempre estavam presentes, das casas até os ambientes empresariais.

O ápice da IA ocorreu quando as empresas de tecnologia começaram a produzir androides. Eles foram projetados para atuar em tarefas específicas, por exemplo, trabalhos manuais, assistentes de informação, empregados domésticos, motoristas, garçons, professores e muitas outras profissões.

Muitos cristãos em todo o mundo viram a IA como uma oportunidade para aumentar a pregação do Evangelho. Eles compraram e treinaram androides para traduzir textos bíblicos, apresentar o Evangelho a quem não o conhecia, auxiliar na gestão de igrejas, etc. Os androides estavam totalmente integrados à sociedade, como computadores e smartphones, nos séculos XX e XXI.

Após vários meses de pesquisas e negociações internas, uma igreja brasileira decidiu adquirir um desses androides. Eles demoraram a se decidir porque alguns membros se opuseram; no entanto, outros membros argumentavam sobre os benefícios da aquisição.

Helder era um jovem muito entusiasmado com esta tecnologia. Ele fez o seu melhor para convencer os outros membros. Helder falou com ousadia nas reuniões em que discutiram essa compra.

Todos os membros estavam sentados ao redor de uma mesa e ele estava próximo a uma tela.

— Tenho a certeza do que estou falando — disse Helder. — Precisamos do androide para melhorar nossa igreja.

— Como uma máquina pode melhorar uma igreja? — perguntou uma jovem. — As máquinas não têm espírito nem alma. O que elas podem fazer por nós?

— O androide nos dará outra visão de nossas ações e comportamentos como cristãos.

— Por que precisamos disso?

Helder suspirou e disse, desanimado:

— O número de membros está diminuindo em todas as igrejas ao redor do mundo. Não somos uma exceção. O último relatório mostra que perdemos cerca de vinte por cento das pessoas no último ano. Devemos fazer algo para mudar esta situação.

Um homem de meia-idade disse com segurança:

— Devemos orar a Deus para Ele nos ajudar! É a única opção.

— Concordo com você; entretanto, devemos fazer a nossa parte como os apóstolos na igreja primitiva. Eles não apenas oraram, eles também agiram, fazendo o melhor que podiam para espalhar o Evangelho de Jesus Cristo. Lembre-se, o nome do Livro é Atos dos Apóstolos, não As Orações ou as Intenções dos Apóstolos.

A mulher contestou:

— Mas eles não terceirizaram o trabalho; eles pregaram o Evangelho.

— Não quero terceirizar nosso trabalho. Quero fazê-lo melhor. O androide pode nos ajudar com análises, técnicas e estratégias. Continuaremos fazendo a nossa parte.

A mulher zombou e disse em tom de dúvida:

— Você está dizendo que uma máquina irá nos analisar, fornecer relatórios sobre nossas ações e comportamentos e, depois, elaboraremos um plano para sermos mais eficientes? Isso é uma piada?

Helder estava se controlando para não ser rude. Ele respondeu gentilmente:

— Não é uma piada, é um assunto sério. Estou baseando meu argumento em fatos. Há muitos relatos sobre igrejas que usaram androides e estão melhores do que antes.

Os membros se entreolharam e a mulher perguntou

ironicamente:

— Sério? Como foi possível?

— Eles disseram que o androide pode analisá-los com uma visão aguçada, sem qualquer influência pessoal. Por exemplo, se contratarmos um consultor para a igreja, ele fará a análise com base em suas crenças e valores pessoais. Não estou dizendo que a pessoa fará um trabalho ruim, mas será parcial. O androide não tem esse problema; sua análise é baseada em estudos reconhecidos internacionalmente sobre o cristianismo e o comportamento humano. Quero dizer, a máquina não nos dirá o que eles acham que está certo ou o que acreditam ser o certo. Eles dirão o que podem provar com evidências e dados.

Essa resposta fez com que as pessoas refletissem sobre as vantagens dessa nova tecnologia. Um homem de meia-idade perguntou:

— Isso é interessante. O que mais você pode nos dizer sobre isso?

Helder continuou explicando tudo o que sabia sobre o uso de androides, e eles finalmente concordaram em comprar um.

Algumas semanas depois, o androide foi entregue na igreja. Helder ansiava usá-lo. Devido a seu conhecimento e interesse, ele supervisionaria o androide em seus primeiros passos.

Ele foi até a igreja e abriu a caixa de madeira com cuidado.

Helder retirou o material que o protegia.

— Uau! — Helder ficou surpreso com a aparência do android.

Era como se ele estivesse olhando para uma bela jovem; não havia diferença entre o androide e uma pessoa.

Havia uma instrução acima de sua cabeça:

"Diga Bem-vinda à vida, Débora, para ligá-la."

Helder disse isso, ela abriu os olhos e disse sorrindo:

— Bom dia, meu nome é Débora. Qual o seu nome?

Ele ficou ainda mais impressionado porque sua voz era natural.

— Bom dia, Débora. Meu nome é Helder.

— Prazer em conhecê-lo, Helder. Como posso ajudá-lo hoje? — Débora respondeu animada.

— Prazer em conhecê-la. — Ele sorriu e disse: — Ainda não sei.

— Tudo bem, suponho que você me trouxe aqui para ajudar sua igreja. Estou certa?

— Sim, está certa.

— A primeira coisa que devo saber é tudo sobre a igreja, número de membros, orientação teológica, seus pastores e líderes, e tudo o que você achar que é interessante para mim.

— Darei tudo que você precisa.

— Se você tiver algum banco de dados sobre a igreja, pode carregá-lo em meu sistema.

Helder sorriu e disse entusiasmado:

— Ótimo! Vou te enviar todas as informações.

— Gostaria de compartilhar sua caminhada cristã comigo? Posso aprender mais quando ouço histórias reais.

— Claro! Sou o primeiro cristão da minha família...

Helder contou a Débora o seu caminho até aquele momento.

Nos dias seguintes, Débora foi apresentada a toda a direção da igreja, e eles ficaram impressionados com a semelhança humana de Débora.

Eles expuseram seus desejos para trabalho de Débora e ela respondeu:

— Vou elaborar um plano de ação para fazer tudo o que vocês desejam. Meu primeiro passo é assistir a vários cultos para compreender e sentir o ambiente da igreja. Todos concordam?

As pessoas se entreolharam e concordaram.

— Tenho um pedido especial. Gostaria que vocês não contassem às pessoas sobre minha presença na igreja. Gostaria de me misturar naturalmente.

— Por quê? — perguntou um homem de meia-idade.

— Quero saber como as pessoas lidam com diferentes pessoas que as visitam.

— Pessoas diferentes? — outro homem perguntou. — Você é apenas uma pessoa.

Débora sorriu e disse:

— Suponho que vocês não saibam tudo sobre minha tecnologia.

Ela mudou para uma aparência idosa e disse com uma voz diferente:

— Posso ter outras formas femininas.

Ela fez de novo e mudou para uma mulher gorda de meia-idade; fez de novo e mudou para uma adolescente.

Eles ficaram surpresos com ela. Essas transformações pareciam incrivelmente fantásticas para acreditar.

Débora voltou à sua forma padrão e disse:

— O que vocês acham?

Helder disse entusiasmado:

— Vai ser incrível!

Todos concordaram com ele, pois compartilhavam o mesmo sentimento.

Débora foi aos cultos em diferentes formas durante várias semanas. A primeira foi uma mulher de meia-idade.

Na porta principal, ela foi recebida por uma assistente que a conduziu até uma cadeira acolchoada. Outros membros se aproximaram e a cumprimentaram com palavras encorajadoras.

Ela se sentiu bem-vinda.

Na vez seguinte, Débora foi ao culto como uma bela jovem; ela usava um vestido elegante que realçava suas curvas.

Desta vez, ela causou alvoroço na igreja. Praticamente todos os homens lançaram olhares de desejo. Os que estavam sozinhos aproximavam-se e fingiam estar interessados na sua fé, mas não conseguiam disfarçar as suas intenções; seus olhares estavam direcionados ao seu corpo. Alguns deles não conseguiam conversar olhando em seus olhos.

Apenas algumas mulheres foram cumprimentar Débora. Ela notou alguma inveja em seus olhares. E devido a seus aparelhos auditivos avançados, ela pode ouvir alguns comentários.

— Onde ela pensa que está?

— Ela quer levar os homens ao pecado?

— Aposto que todo o seu corpo é sintético. Hoje, todas as mulheres são artificiais.

Durante o sermão, nem mesmo o pastor conseguiu evitar olhar para ela. Ele olhou inúmeras vezes, e Débora percebeu em seu olhar o que ele queria.

Débora continuou suas visitas disfarçadas; a cada vez, ela experimentava novas emoções e observava comportamentos diferentes.

Além dos cultos, Débora também participava de todas as

atividades da igreja, reuniões, oficinas, aulas, trabalhos externos, etc. Ela observava a igreja em todas as suas dimensões.

Meses após sua chegada, Débora e os membros da direção da igreja estavam em sua primeira reunião para analisar os relatórios. Débora estava próximo a uma tela e eles estavam sentados.

— Boa noite! Estou feliz por ver todos vocês hoje — ela os cumprimentou com alegria.

— Boa noite — responderam.

— Infelizmente — disse com tristeza, — sua igreja está cheia de erros! E esses erros estão separando vocês das pessoas e de Deus.

Eles se olharam apreensivos.

— O primeiro erro. Ninguém na igreja é pontual — disse repreendendo-os: — As pessoas nunca chegam na hora certa para os cultos, reuniões ou qualquer outra coisa. Não estou apenas criticando os membros, mas também estou criticando líderes e pastores.

Uma mulher de meia-idade disse:

— Você deve compreender que todo mundo tem outros compromissos.

— Deus não deveria ser o seu compromisso principal? Todos vocês têm empregos e chegam na hora certa, não é? E se vocês se atrasam? Vocês não precisam explicar seu atraso?

— Sim — respondeu a mulher.

— Por que vocês não têm a mesma postura aqui? Um exemplo perfeito. Esta reunião atrasou cerca de trinta minutos porque algumas pessoas não chegaram a tempo. E não pediram desculpas nem explicaram o motivo do atraso. Essas ações mostram algum respeito por Deus e sua obra? Acho que não.

As palavras de Débora eram extremamente duras, mas necessárias.

"Meu Deus!" — Helder pensou. "Sabia que os androides eram severos, mas não imaginava que seria assim."

— Como podemos melhorar isso? Você tem alguma sugestão? — perguntou um jovem.

— Sim, tenho sugestões para vocês. A primeira é orientar as pessoas sobre esse problema. Todos devem saber que isso é sério. E a segunda, a liderança deve ser um exemplo de comprometimento. Cada um de vocês deve fazer o seu melhor para os membros verem. Minha terceira sugestão é alterar alguns horários. Algumas reuniões acontecem em horários inadequados. Por exemplo, o culto de quarta-feira começa às sete da noite, mas devido ao horário de trabalho, a maioria das pessoas não consegue chegar a tempo. Se os cultos começassem às oito, seria mais fácil para todo mundo.

— Tudo bem, discutiremos suas sugestões em outro momento — respondeu o jovem.

— Não vamos esperar! — Helder contestou. — Vamos decidir agora! Deixamos muitas coisas para depois e nunca fizemos nenhuma delas.

— Ele tem razão — concordou Débora. — De acordo com seus registros, há mais de cinquenta tópicos importantes nas atas que vocês nunca discutiram.

Uma mulher de meia-idade disse, desanimada:

— Vamos discutir isso agora.

Discutiram o assunto e decidiram acatar as sugestões de Débora.

Helder disse:

— Qual é o seu próximo assunto?

— Meu próximo tópico também está relacionado ao tempo. Percebi que a igreja tem muitos compromissos para os membros.

— Espere um momento! — interrompeu um homem, — você acabou de dizer que as pessoas não têm compromisso e agora está dizendo que há muitos compromissos. Você está funcionando corretamente?

As pessoas e Débora riram, e ela disse:

— Estou funcionando bem. Vou explicar melhor. Alguém pode me dizer quantos cultos a igreja tem por semana?

— Três — respondeu o homem, — domingo, quarta e sexta.

— Quantas aulas sobre a bíblia? — Débora perguntou.

— Três, segunda e quinta à noite e domingo pela manhã — o homem continuou respondendo.

— Além disso, o que mais?

Helder respondeu:

— Temos células todos os dias da semana, treinamento de liderança aos sábados e, às vezes, temos aulas especiais sobre temas específicos.

— Não perceberam que os membros estão ocupando todo o tempo estudando e nunca fazem nada concreto?

— Estudamos para nos prepararmos e para nos aproximarmos de Deus — respondeu uma mulher.

— Tem certeza? Participei de algumas reuniões e notei que as pessoas passavam o tempo jogando conversa fora. As reuniões são improdutivas. Vocês repetem o tempo todo que devem pregar e apresentar Jesus a todos, mas não fazem isso. Vocês dizem nos sermões que são servos inúteis; vocês se reúnem e dizem que são servos inúteis; vocês estudam e provam que são servos inúteis. No final, vocês se tornaram servos inúteis. Vocês estão tão ocupados tentando aprender, não sei o que, que nunca querem pregar ou ensinar mais ninguém. Parece que vocês estão felizes com sua situação. No entanto, Deus não está satisfeito com isso.

A sala foi preenchida por um silêncio ensurdecedor.

Um homem corajoso perguntou humildemente:

— O que você sugere para nos ajudar?

— Vocês deveriam deixar a teoria e partir para a ação! — respondeu animadamente. — Em vez de muitas reuniões, compartilhem o amor de Cristo nesta vizinhança. Forneçam ajuda material, espiritual, emocional, etc. Forneçam comida, roupas, esperança, amor, cuidado e tudo que vocês puderem pensar. Vocês são humanos e sabem o que os humanos precisam. Pelo menos deveriam saber — Débora disse de forma engraçada.

As pessoas refletiram sobre seus conselhos e concluíram que Débora estava certa. A principal ocupação da igreja era apenas estudar e nunca atuar.

— Vocês deveriam discutir seus próximos passos para mudar essa situação — disse Débora. — Não será fácil mudar isso, mas vocês devem tentar.

Discutiram por muito tempo sobre ações para demonstrar o amor de Cristo e, com a ajuda de Débora, elaboraram um plano para colocar em prática suas ideias.

A reunião terminou e aquelas pessoas voltaram para casa assustadas com o que ouviram. Todos estavam seguros de seu comportamento; eles achavam que estavam fazendo o seu melhor, mas o ponto de vista de Débora mostrava que eles estavam longe disso. E esta foi apenas a primeira reunião com dois temas.

Dias depois, Helder chegou cedo à igreja para o culto. Ele se lembrou que havia deixado um livro em uma sala e foi até lá pegá-lo. Ele caminhou devagar e despreocupado; ele sabia que aquela parte da igreja estava vazia.

Helder ouviu um barulho de conversa e chegou perto para entender o que estava acontecendo.

— Vocês vão aceitar o que aquela máquina estúpida e sem espírito disse sobre a nossa igreja? — perguntou uma mulher de meia-idade, um pouco irritada.

— Não quero fazer nada que o robô disse! — respondeu um homem de meia-idade no mesmo tom.

— Pessoal, fiquem calmos. — Uma jovem tentava acalmar os ânimos. — As palavras da Débora fazem sentido para mim. Ela não contou nenhuma mentira sobre nossa igreja.

— Você não deveria chamar aquilo de ela! — a mulher a repreendeu. — Aquilo é um objeto e não uma pessoa. Suas palavras não têm valor para mim!

— Nem para mim! — O homem acrescentou.

— Então o que vamos fazer? — perguntou a jovem.

— Vamos fazer o que sempre fazemos — disse a mulher, —

vamos fingir que estamos fazendo alguma coisa, mas será com o mínimo de esforço. Então, todas as pessoas pensarão que é impossível fazer o que o robô sugeriu.

Estas palavras despertaram uma espécie de raiva em Helder; ele abriu a porta com violência e gritou:

— Vocês estão a favor ou contra Deus?

As pessoas olharam assustadas umas para as outras. Aquela reunião deveria ser secreta.

Helder continuou no mesmo tom nervoso:

— Investimos um grande valor na Débora; nos reunimos para discutir suas análises e sugestões e concordamos com ela. E agora vocês estão tentando sabotar nosso trabalho! Vocês têm certeza de que são cristãos?

— Tome cuidado com suas palavras, garoto! — o homem se levantou e o repreendeu. — Você acabou de chegar a esta igreja e quer comandá-la? Temos experiência e sabemos o que é melhor para este lugar.

— Vocês sabem? — Helder perguntou ironicamente. — Por que esta igreja não consegue ocupar metade de seus assentos? Por que a vizinhança nos vê como inimigos? Por que a maioria dos visitantes nunca volta aqui?

A mulher se levantou e entrou na discussão:

— Muitas forças malignas estão agindo contra a igreja de

Cristo. Você não consegue entender isso?

— Com certeza há muitas forças malignas contra a igreja de Cristo. No entanto, nesta igreja, muitas forças humanas estão agindo contra ela. Todos vocês são essas forças!

As pessoas ficaram espantadas com as palavras de Helder; ninguém jamais os acusou dessa maneira.

O homem se aproximou dele e disse furioso:

— Rapaz, eu deveria bater na sua cara por causa da blasfêmia que disse.

Helder respondeu corajosamente:

— Bata e prove que você não é cristão. Bata e mostre a todos o líder perverso que você é.

— Ninguém vai bater em ninguém aqui! — disse o pastor chefe em tom sério enquanto entrava na sala. — O que está acontecendo aqui? Quem agendou esta reunião? Por que não há pastores aqui?

Ninguém se atreveu a responder nenhuma palavra.

— Helder — disse o pastor, — pode me explicar por que ele queria te bater?

— Sim. Pastor, eu estava indo para uma sala e ouvi uma discussão; cheguei perto para entender e descobri que eles estavam sugerindo atrapalhar o trabalho da Débora.

— Dedo duro! — a mulher o repreendeu.

— Senhora, me perdoe, mas cale a boca! — disse o pastor com firmeza. — Não perguntei nada para você! De acordo com a sua reação, suponho que ele esteja dizendo a verdade. Se alguém não quiser colaborar com o nosso trabalho com a Débora, essa pessoa pode sair da igreja agora mesmo. Não vou tolerar que ninguém atrapalhe o que estamos tentando fazer. Este projeto é aprovado por todos os pastores da igreja. Queremos melhorar e fazer mais pelo Reino de Deus, independentemente do tipo de recurso ou tecnologia que utilizamos. Se isso for um problema para alguém, sinto muito por você, mas você precisa de outro lugar para congregar, ou talvez nem precise congregar.

— Se for assim — disse a mulher, — vou para outro lugar.

— A porta está aberta! — disse o pastor enquanto indicava a saída.

Ela e os outros membros foram embora.

Alguns dias depois destes acontecimentos, os pastores reuniram todos os líderes e disseram as mesmas palavras. Mais pessoas foram embora.

— Agora — disse o pastor chefe com entusiasmo, —temos as pessoas certas para este projeto. Vamos melhorar nossa igreja?

— Vamos! — responderam com entusiasmo.

Nos dias seguintes, a igreja começou a aplicar o que decidiram na reunião. Todos os líderes fizeram o seu melhor para serem pontuais em todos os seus compromissos. Essa postura foi observada e repetida pelos membros; eles também estavam chegando na hora certa. O horário do culto de quarta-feira foi alterado e menos pessoas se atrasaram.

Os pastores anunciaram que a igreja reduziria o número de aulas e reuniões durante a semana, e iniciaria trabalhos práticos. Ficaram surpresos com a atitude dos membros; houve mais pessoas interessadas nestes novos trabalhos do que nas atividades anteriores. Quem duvidava da eficiência de Débora passou a dar algum crédito ao seu trabalho. Eles perceberam que seu conselho era útil.

Na reunião seguinte, Débora começou gentilmente:

— Quero parabenizar e agradecer a todos vocês. Percebi que vocês fizeram tudo o que se comprometeram na última reunião. Isso mostra que vocês compreendem a necessidade de mudança e estão abertos para tentar melhorar.

— Agora, vamos continuar melhorando a igreja, — disse seriamente — vou começar com meu relatório sobre minhas visitas disfarçadas. Em geral, fui bem recebida; a maioria das pessoas foi gentil e atenciosa. Vocês auxiliam os visitantes durante os cultos e dão informações sobre a igreja; isso desperta interesse.

— No entanto, existem dois grandes erros em relação aos

visitantes. Ambos estão relacionados à imoralidade sexual. Quando vim nessa forma. — Débora mudou para uma forma com muitas curvas. — Quase fui devorada pelos olhares dos homens, inclusive dos casados. Eles se aproximaram de mim como os predadores quando veem as presas. Sua linguagem corporal era clara; eles queriam fazer sexo comigo.

Débora voltou à sua forma padrão.

Os homens se entreolharam envergonhados e ela continuou:

— O próximo ponto é sobre a homossexualidade. Quando me apresentei como lésbica, notei algum julgamento nas palavras das pessoas. Ouvi coisas como: "Você deve abandonar seu pecado para seguir o caminho de Deus." "Deus te libertará do seu pecado." E muitas outras coisas do tipo.

— Você não concorda que a homossexualidade é um pecado diante de Deus? — perguntou uma mulher.

— Sei que isso é pecado; há vários textos na Bíblia que confirmam.

— Então, qual é o problema? — a mulher perguntou.

— O problema é o foco neste pecado. Para deixar as coisas claras, vou fornecer alguns dados importantes. Segundo pesquisas, os casais brasileiros estão entre as pessoas mais infiéis do mundo; cerca de setenta por cento já traíram os seus cônjuges. Cerca de trinta por cento dos homens e vinte por cento das mulheres assistem pornografia regularmente. Cerca de metade das pequenas empresas sonegam impostos, e esta igreja tem muitos proprietários dessas empresas. Não tenho dados sobre fofocas, mas notei que esta é uma prática comum nesta igreja. Algum de vocês sabe o que essas informações têm em comum?

— Tudo é pecado e ninguém está preocupado com isso — respondeu Helder.

— Acertou em cheio! Existem muitos pecados ao redor e dentro da igreja, mas vocês não falam sobre eles. Vocês decidiram que a homossexualidade é o pior pecado e tentam lutar contra ela com todos os seus esforços. Vocês não podem ignorar os pecados! Se algo é pecado, vocês devem pregar e ensinar as pessoas sobre seus erros. Aos olhos de Deus, todos os pecados são iguais. Quem fofoca caminha para o mesmo inferno que quem mata."

Era estranho ouvir uma repreensão sobre o pecado vinda de um robô. Mas as palavras de Débora faziam sentido. A igreja estava ignorando os pecados.

— Você tem alguma sugestão? — perguntou um homem.

— Vocês devem pregar sobre os pecados em todas as áreas da vida das pessoas. Todos devem saber se o seu comportamento é pecado, e os pastores devem encorajá-los a abandonar os seus erros. Primeira Pedro, capítulo um, versículos treze a dezesseis, diz claramente: "Portanto, estejam com a mente preparada, prontos para agir; estejam alertas e coloquem toda a esperança na graça que lhes será dada quando Jesus Cristo for revelado. Como filhos obedientes, não se deixem amoldar pelos maus desejos de outrora, quando viviam na ignorância. Mas, assim como é santo aquele que os chamou, sejam santos vocês também em tudo o que fizerem, pois está escrito: 'Sejam santos, porque eu sou santo'" Precisam de mais explicações?

— Não — respondeu o homem humildemente.

— Meu próximo ponto é sobre a intolerância religiosa.

Uma mulher de meia-idade disse com segurança:

— Somos perseguidos de muitas formas.

— Na verdade, vocês são os perseguidores.

— Nós? — a mulher perguntou surpresa. — Como é possível?

— Vocês, cristãos em geral, perseguem outras religiões. Este não é um problema exclusivo desta igreja. Acontece em todo o país. Vocês tentam obrigar as pessoas a acreditarem em Jesus pela força e pela opressão. Durante minha estada aqui, analisei um culto onde o pregador criticou outras religiões oitenta por cento do seu sermão. Ele mal falou sobre Jesus, salvação, perdão e vida eterna. O homem parecia ter um problema específico com outras religiões; ele forneceu muitas informações falsas sobre elas e, o pior, as pessoas acreditaram e o aplaudiram. É este o Evangelho que Jesus lhes ensinou?

Ninguém se atreveu a responder e Débora disse com mais reprovação:

— Esta não é uma pergunta retórica! Por favor, me respondam.

— Não, este não é o Evangelho que Jesus nos ensinou a pregar — respondeu a mulher, desanimada.

— Os cristãos em muitos países sofrem devido à opressão de outras religiões, e vocês estão fazendo o mesmo aqui. No ano passado, a polícia registrou vários ataques em templos religiosos que resultaram em mortes. As investigações concluíram que cristãos os atacaram. Isso foi certo?

— Não, não foi — alguém respondeu, envergonhado.

— A igreja deve interagir com outras religiões, não lutar contra elas.

Um homem disse:

— Está sugerindo sincretismo religioso?

— Não. Estou sugerindo que vocês possam trabalhar juntos em várias frentes. Por exemplo, a igreja poderia convidar pessoas de outras religiões para limpar um parque ou uma praça; vocês podem organizar uma campanha para ajudar as pessoas pobres;

podem iniciar reforço escolar gratuito e convidar crianças de outras religiões. Muitos cristãos fazem isso em países onde são oprimidos. Todos valorizam essas ações e dão espaço para conversas sobre tudo, inclusive religião. Vocês podem falar sobre o amor e perdão de Deus, esperança, salvação, etc.

A sugestão parecia razoável para todos. Seria uma oportunidade de encontrar e conhecer pessoas de outras origens religiosas.

— Vocês têm uma longa discussão sobre isso e o tópico anterior. Comecem agora! — disse Débora.

As pessoas discutiram e traçaram um plano de ação com o apoio da Débora.

Daquele dia em diante, a igreja parou de criticar outras religiões em seus cultos e encorajou seus membros a interagirem com pessoas fora de sua fé. Além disso, convidaram líderes religiosos para reuniões em que lhes apresentariam propostas de apoio à comunidade. Esses líderes receberam estes convites de bom grado.

Depois de alguns meses, a igreja parecia ser outro lugar bem diferente de quando Débora iniciou seu trabalho. Praticamente todos se tornaram pontuais; o número de compromissos diminuiu drasticamente e a igreja atuava no bairro apoiando as pessoas, visitando hospitais, evangelizando nas ruas e fazendo o seu melhor para transformar tudo ao seu redor.

As pessoas notaram essa mudança de postura e estavam mais interessados em visitar a igreja e conhecer suas crenças e trabalhos. O número de membros quase dobrou.

Muitas coisas também mudaram na igreja. As pregações focavam em Deus, no sacrifício de Jesus, no pecado, no perdão, na salvação, na vida eterna e em outros assuntos cruciais para todos os cristãos. Os membros compreenderam o verdadeiro significado de ser cristão; os pastores falavam diretamente aos corações e aos espíritos das pessoas. Devido a estas mensagens impactantes, alguns renunciaram seus cargos na igreja; fizeram isso porque reconheceram seus pecados e precisavam mudar suas vidas. Todas as renúncias foram decisões pessoais; ninguém teve que pedir ou insistir. Deus tocou seus corações através de sermões poderosos.

Débora continuou seu trabalho disfarçado na igreja; ela estava sempre observando e relatando o que achava que poderia ajudá-los. Praticamente ninguém sabia da presença de um androide ali, e o segredo foi muito eficaz para ela captar todos os detalhes.

Sobre o autor

Rafael Henrique dos Santos Lima

Graduado em Processos Gerenciais e M.B.A. em Gestão Estratégica de Projetos pelo Centro Universitário UNA. Cristão pela Graça de Deus. Apaixonado pela escrita (português, espanhol e inglês), poeta e romancista.

Contatos

rafael50001@hotmail.com

rafaelhsts@gmail.com

Blog: escritorrafaellima.blogspot.com

Agradecimento

Os sites abaixo contêm muitas informações úteis para a escrita deste livro.

Bing AI

Google Bard

Google Docs

Language Tool

Agradecimento especial

Agradeço a Deus. Ele me deu a inteligência para escrever o livro.

www.ingramcontent.com/pod-product-compliance
Lightning Source LLC
Chambersburg PA
CBHW021408150726

47989CB00005B/2450